新 潮 文 庫

日本人はどう死ぬべきか？

養老孟司
隈 研 吾 著

新 潮 社 版

11605

目次

第一章　自分は死んでも困らない　11

第二章　年を取った男はさすらうべきだ　23

第三章 『方丈記』から考える 95

第四章 時間を超越する歌舞伎座 129

第七章 これからの日本人の死生観 231

日本人はどう死ぬべきか?

第一章　自分は死んでも困らない

笑って死んでいった父

実は、僕はすでに自分の葬式を済ませています。もう十年以上も前になるでしょうか。曹洞宗《そうとう》の若いお坊さんの集まりが山口県であり、そこに呼ばれて葬式をしてもらいました。ということで、僕はもう死んでいるので、死について何も心配はいりません。

「死んだら自分はどうなるんでしょうか」とか、「自分がいなくなった後のことが心配です」とか、人はよくそう言います。でも僕は、自分が死ぬことに関してあれこれ考えるのは「意味がない」と決めてしまっています。もし、それが問題ならば「生き残ったやつが考えればいいだろう、俺の知ったことじゃないよ」というのが、基本にして不動のスタンスです。

自分の死を怖がることが分からないという感覚は、僕の場合、人生初の強い記憶と結びついていると思います。僕の人生最初の記憶は、自分の父親の死の場面なのです。

五歳の僕は、死の間際《まぎわ》の父を見ています。「さようならと言いなさい」と誰かにうながされて、黙って顔を見ている。父は僕を見て、にこっと笑い、その直後に喀血《かっけつ》して、ご臨終です。享年《きょうねん》三十四歳でした。こうして子供の僕の中に「人は死ぬものだ」という事実が大前提として刻みつけられました。

ただ、父親が死んだことは何となく理解できるんだけれど、僕の感覚の中ではずっと生きている。それは不思議なことでした。また、父親が死んだことに対して、悲しみや怖《おそ》れも感じていたのでしょうが、言葉にできないから、そのことを押し殺してしまった。幼児の頭の中で、とても複雑な操作が行われたのでしょうね。そんな体験はずっと僕の中に根を下ろしています。

今思うと、父が笑って死んだということは大きかったですね。そこまで覚悟できていたのか、達観できていたのかは分かりませんが、笑ってくれたのはよかった。幼な心に死が虚無に結びついていたら、僕にしてもその後、恐怖にとらわれていたかもしれません。

時代背景も大きく作用したと思います。僕は太平洋戦争の直前に生まれて、幼少期は戦争中です。それこそ、死は日常でした。僕の場合は、死と自分というものの距離が、最初からものすごく近かったわけです。この世とあの世との橋を渡る、その感覚がとても身近にある。その中でいつしか、死は眠りと同じで、僕たちは毎日寝ている。だとしたら、それ以上は考えても無駄、以上、となっていきました。

最近は「終活ノート」といったものが流行《は》っていますが、ばかなことはおやめなさいと言いたい。宗教学者の島田裕巳《ひろみ》さんもおっしゃっていますが、終活は無意味な運動です。

「二人称の死」をどう乗り越えるか

『死の壁』（新潮新書）に記した通り、僕は死を「一人称」「二人称」「三人称」に分けて考えています。一人称は自分の死。二人称は家族も含めた知り合いの死。三人称は赤の他人の死を指します。

「一人称の死」を考えたり、怖れたりしようとしても、その主体である自分は死んでいるのだから、そもそも、そんなことはできません。「三人称の死」は赤の他人の死のことです。今この瞬間、世界中で大勢の人々がご臨終を迎えていますが、自分はそれらにいちいち心を動かされたりはしない。人にとって「死ぬこと」が意味を持ったり、問題になったりするのは、「二人称の死」以外にありません。ですから、死を考えるという行為は、「二人称の死を考える」ということに、ほかなりません。

死に関して一番難しい問題は、そういった「二人称の死」をどう乗り越えたらいいのか、ということになります。それは人間関係の問題であり、自分がいかにその人との関係に依存しているか、という問題になってきます。それほど親しくない知人でも、同年代で何となく同じような仕事をしていたとか、同じような地域で、同じ時期に子育てをしていたという思いがあると、非常に大きな喪失感を抱くことになる。

それは普段の意識ではなかなか気が付かない。死なれて初めて気が付くんです。親の死はその典型です。いてくれて当たり前だと思っているから、いなくなると、とりわけはっきりと身に迫ってくる。その感情を体験することで、自分の死も怖れの対象になる。

もう一つ、なぜ「一人称の死」である自分の死にとらわれるかというと、僕の本ではありませんが、「『自分』の壁」、要するに「自分」という主体の概念が、歴史上のある時期に確立してしまったからなんです。

例えばヨーロッパ言語の源流であるラテン語では、どうでしょうか。有名な「コーギトー・エルゴー・スム（我、思う、ゆえに我あり）」は、「コーギトー」が「考える」の一人称単数現在形。動詞がそのように活用されるから、「私」をその前にわざわざ置く必要はない。「I think, therefore I am」と言う必要はなくて、「think」と「am」の二語を活用させれば足りるんです。

しかし、近代ヨーロッパでは、わざわざ「私」を付ける語法になっていった。それは「私」の強調にほかなりません。なぜ、その強調が必要になったかというと、理由の一つは一一世紀から一二世紀にかけて、キリスト教で告解が普及していったからだと言われています。キリスト教では、神父さんに向かって懺悔《ざんげ》をさせるじゃないですか。「今日、自分は何をした、かれをした」と自省を強要する。その中で「私」という主体が前面に出てきたんです。

ルネサンス時代になると、個はより強調されていきます。なぜかというと、人間が暮らす環境が都市化して、考える暇ができたからです。肉体労働をしていると、考えている暇なんてないですよ。僕だって虫の標本を作っている時は、「私」の感覚なんて、まったくなくなりますからね。忘我の境地というか、世界と完全に合一化していきます。

ともかく人間は、都市化した社会で「主体が存在する」ということを、文化的に作りあげていった。それがひいては、現在の欧米における「コーヒーにしますか、紅茶にしますか」という、選択の文化につながっていく。

アメリカのテレビ番組で見た場面なのですが、三〜四歳の子供が白木の車をもらって、周りの大人から「この車の色を決めるのはお前だからね」と口々に言われている。なんて苦しいことをさせるんだろう、日本人だったら、そんな意地悪は言わないよ、と僕は思いましたね（笑）。

そうやって、子供の時から状況を決める主体が存在する、ということを叩《たた》きこまれるのが、西欧とアメリカの文化です。そして、そこにある「主体」こそが、死の恐怖に結びついているわけです。

イマジネーションのないやぶ医者

「三人称の死」でありながら、「二人称の死」に近い死というものもあります。僕はそれを「二・五人称の死」と呼んでいます。例えばメディアを通して伝えられる死がそれです。災害やテロで亡《な》くなった人たちの記事は、平常心では読めません。それは人間にイマジネーションがあるからです。子供を亡くした人の記事を読むと、自分の子供をそこに重ねて反応する。

そのイマジネーションを使うことができるのは人間だけです。人間だと四歳ぐらいから、自分とは違う相手の心を読む、ということができるようになります。四歳までは運動能力その他でチンパンジーの方が上ぐらいなのですが、それ以降の進歩は、まったく別の方向に分かれてしまう。まあ、イマジネーションがあるからこそ、死が恐怖に結びつくわけですが。私は「一人称の死」に対してはおおげさに考えることはしませんが、「二人称の死」「二・五人称の死」に対しては、最大限のイマジネーションを働かすべきだとは思っています。

医者の修業をしてよかったと思うのは、自分が一つ間違えると患者が死ぬという切迫した状況を知ったことです。どんな新米でも、そのような状況には置かれます。その時、一本の注射を間違えたらアウトです。リスクを負った緊張感を知ったおかげで、医者という仕事をやっていこうと、僕にしても腹が据わったのです。

最近の医学界では、自分が注射をしたら患者が死ぬかもしれない、という初歩的な感覚さえも薄れているようで、愕然《がくぜん》とすることがあります。幼児に禁忌の麻酔薬を過剰投与するとか、前立腺《ぜんりつせん》の摘出手術で泌尿器《ひにょうき》科の医師が三人がかりで患者を死なせてしまうとか、僕の世代では信じられない事件が実際に起こっています。

知り合いの病院関係者から聞いた話ですが、ある科の外来長が、朝、出勤してカルテが入っている金庫を開けようとしたら、開かない。鍵《かぎ》も合っているし、どうしたことだろうと、いろいろやっても開かない。夜になってその原因が判明したのですが、なんと若い医局員が、みんながいじめるといって、金庫の扉を接着剤でくっつける嫌がらせをしていた。天下のT大ですが、その程度の成熟状態で医師免許が下りてしまうから、もうどうにもなりません。

それをやったら周囲がどんなに困るかについて考えが及ばないイマジネーションの乏しさは、実際、小学生低学年以下です。僕が病院に行かない理由が分かるでしょう。女房に付き合って仕方なく検査に行くことはあるのですが、その見立てだって相当あやしいもんです。胸の単純なレントゲンを撮ると、「養老さん、軽い肺気腫《はいきしゅ》ですね」と、恒例のように言われるんです。医者が続けて言うには、「たばこを吸うからですね。でも、何ともありませんからご心配なく」って。僕は黙って、にこにこしながら「そうですか」なんて答えているんですが、心の中では、「やぶ医者だなあ」と思っています。

僕は子供の時、かなりひどい小児ぜんそくに罹《かか》っていました。肺気腫の原因はそれなんです。でも今の医者は、患者の既往歴を聞かないんですね。

既往歴の重要性については、僕らの時代は徹底的に叩き込まれました。小さい時の罹患《りかん》から始まって、お父さん、お母さん、お祖父《じい》ちゃん、お祖母《ばあ》ちゃんまでさかのぼって、その人の体質を知る。目の前の症状と背景にある歴史、つまり空間と時間の両方を見なければいけない。医学部とは、そういう訓練を施す場でした。

その重要性を見事に示すエピソードがあります。

京都大学の上山春平さん（哲学者）と初めて対談をした時に、会場にいらした上山さんが開口一番、「実は昨日まで入院していたんですが、今の医学はたいしたもんですね」と言われました。「どうしたんですか」と聞いたら、「おしっこが止まっちゃって、それで病院に行ったら、泌尿器ではなく首が悪いと診断された。それで首の治療を受けたら、あっという間によくなって、おしっこも出るようになった。それで対談にも来ることができたんです」とおっしゃるんです。その上山さんが、対談の途中でいきなり、「あ」と叫びました。

「どうして首が悪いのか、思い出しました」ということで聞いてみたら、彼はかつて特攻隊の隊員で、生き残った後に二回、首をくくって失敗した経験があったのです。

いつものように話が脱線してしまいました。死というものは、個人に関して言うと「時間」の話です。でも、他人から見ると、その人がいる、いないの「空間」の話になるんです。他人として死を語ることはできます。でも、自分の死は、あくまでも生きているうちの話です。だから、自分の死を考えても、それは無駄の典型ですよ、と僕はお答えします。

第二章　年を取った男はさすらうべきだ

年寄りのいない田舎がフロンティア

養老　今、都道府県でいうと、大阪と広島の人口構成が二十年前の鳥取県と同じなんだそうです。つまり、都市部で高齢化が進んでいるということなんですけどね。

隈　そうなんですか。それはあまり知られていないことですね。大阪でそこまで高齢化が進んでいるとしたら、恐るべきことです。

養老　そうはいってても何のことはないんですよ。みんなが年を取っただけの話です。鳥取は、いわば先進県だったということですよ。

隈　二十年前にすでに現在の状況を先取りしていたわけですね。

養老　じゃあ今どき人口構成がちゃんとしているところはどういう場所か？　日本総合研究所の藻谷《もたに》浩介さんがそういったことを日本中で調べているんですが、大阪のような都市ではなくて、なんと「田舎の田舎」なんです。うんと田舎になると、二〜三組の夫婦が子供二〜三人を連れて移住しただけで人口構成がちゃんとしたかたちになる。なぜかというと、そこまで田舎になるともう「年寄りがいないから」なんですね。
隈　究極の田舎に一番健全な人口構成が出現する。
養老　岡山なんかは限界集落が七百以上もあるというから、将来有望な場所だと僕は思っているんです。だってそれらの限界集落は、二十年以内にほとんどなくなるということですから、地域の人口構成がいったんリセットされる。そこへ若い人が入ってきて、新たなスタートを切る。アメリカ的にいえば、日本にもやっと西部《フロンティア》ができ始めているんですね。
隈　養老先生のお宅がある鎌倉には、最近、若いベンチャー世代の人たちが多く移住していますよね。軽井沢に住んで仕事は東京という若い世代も増えているそうです。これからもっと田舎に移る人たちは増えていくんじゃないでしょうか。
養老　若い人たちが今、移るところは、ただの田舎じゃないんです。
隈　どういう田舎なんですか。
養老　つまり、年寄りのいない田舎なんです。若い人にとって、年寄りって邪魔なんですよ。だって既得権を持っているでしょう。田舎っていうのは一次産業がなければやっていけないところで、そうすると畑のいいところは全部、年寄り連中が持っている。

この間、香川に行った時に、甲野善紀《よしのり》さん（武道家）や内田樹《たつる》さん（思想家）が行くという、看板の出ていない和食屋に立ち寄ったんです。そこは埼玉から引っ越したご夫婦がやっている店でした。自前で畑と田んぼを持ちたいと思って土地を探して、ようやく見つけたんだそうです。香川は水がないところですから、周囲の水事情によって土地の値段が倍以上違ってくるとか。でも、そういう事情は誰も教えてくれない。地元のおやじたちと一年付き合ってやっといろいろなことが分かってきた、と言っていましたね。

隈　そのあたりが移住の難しさですよね。田舎に夢を描くことと、現実はまったく違う。

養老　ただ、それは田舎という土地がだめなわけでなく、田舎にいる年寄りがだめということが多い。年寄りで今、地元に残っている人たちというのは、僕らの世代から団塊の世代まででしょう。そういう人たちが既得権を持ってしまっているから、ものごとが動かない。テレビのニュース番組で農業の後継者問題なんかを取り上げると、田舎のじいさんが「後継者がいなくて……」と、こぼしているんだけど、「お前がいるからだろう」って、思わず画面に向かって言いたくなることがある。

年寄りって、いるだけで邪魔という面があるんです。今、そういうことをはっきり言わなくなっちゃったけど、とりわけ若い人にとっては、うっとうしいに決まっていますよ。ですから僕は、東京大学を定年で辞めてからほとんど古巣には行っていません。行くとしても、五年に一度とかね。実際、名誉教授が毎日来ちゃって、勘弁してくれって周りが思っている例を知っています。そんな先生を迎える方はたまったもんじゃないですよ。

隈　有名企業でも、引退した重鎮が毎日会社に来て、社員がお世話するのに困っている例を聞きます。

養老　そんなの年寄りの風上にも置けないよ。ちゃんと年寄りらしく生きる方法を考えなさいって、誰かが言わないといけないんです。

隈　僕も建築の仕事でいろいろな土地を回ってきましたが、お年寄りからは「お前はここに骨を埋《うず》める気があるか」と必ず聞かれました。埋める気はないから、そう言われると返答に詰まっていました。今はさすがにそんなことは聞かれませんけど。

養老　余計なお世話だ。

隈　お年寄りだけでなく、団塊の世代なんかからも、「骨を埋める気うんぬん」の質問はくるんですよ。例えば地方の小さな町のために「がんばっていい建築を作りたい」と言うと、「骨を埋める気もないくせに、生意気なことを言うな」みたいなリアクションが返ってくる。それはやっぱり日本人的なメンタリティで、「骨を埋める気」を問いながらよそ者を排除する仕組みなんでしょう。その根本が、前近代から団塊の世代までちゃんと受け継がれているんです。

養老　そう聞かれたら、「僕が死んだら骨を持っていきます」と言えばいいよ。骨なんて人間の体に二百以上あるんだから、いろいろなところに埋められるよ。釈迦《しゃか》なんて仏舎利などと言いながら世界中に骨を埋めているからね。

　僕が何を言いたいかというと、年寄りは万事にあまり固着しない方がいいんじゃないか、ということです。そこに住んでいるのはしょうがないけど、邪魔にならないようにしましょうよ、ということです。芭蕉《ばしょう》や西行《さいぎょう》は、若い人たちの邪魔をすることなく晩年までうろうろしていたじゃないですか。あんな感じがいいなあと思っています。

隈　あの二人の放浪老人ぶりはいいですねえ。

養老　日本人は元来ああだったんだと思いますよ。『方丈記』を書いた鴨長明《かものちょうめい》がそうでしょう。

隈　鴨長明の「方丈」は、要するに段ボールハウスですよね。今で言えば、建築家の坂口恭平*さんとも通じますね。坂口さんは、今は一種の目立ちたがりの変人として見られていますが、何百年かたつと浄化されて、神聖な人として後世に伝わっているんじゃないでしょうか（笑）。

養老　鴨長明というのはめちゃくちゃ常識家ですよ。『方丈記』を読んだらしみじみ分かりました。彼は何もおかしなことを言っていません。鴨長明が生きた平安末期や、後の戦国時代など、いつの時代も人間社会の現実と常識というものの間には相当なズレがあるんです。先の戦争中なんかでも、そのズレはすごかったですよ。僕ら戦中の世代は、そういうことを経験してよく知っていますから。

日本人の50％は本音とは逆のことを言う

養老　隈さん、僕は最近「日本人50％論」という論を立てることに興味があってね。

隈　どういうものなんですか。

養老　要するに、日本人というのは集団の中で50％の人が本音の反対を言う、つまり

＊坂口恭平：建築家、作家。著書の『ゼロから始める都市型狩猟採集生活』（太田出版、角川文庫）は、無職、無一文で実践した東京での路上生活のドキュメント。東日本大震災後に熊本に独立国家を設立し、初代内閣総理大臣を名乗る。

ウソをついているんじゃないかという人間観察論です。例えば原発について100％の人が賛成したとしても、そのうち50％はウソをついていて、実際の本音は半々なんですよ。同じように全員が反対だと言っても、半分はウソを言っていて、本音は五分五分になる。これって、賛成八割、反対二割だったとしても、結局本音は五分五分になるんです。

隈　賛成の八割と、反対の二割のそれぞれ半分がウソをついているということですね。

養老　つまるところ、日本人の本音はいつでも半々だということなんですね。現代の家族の食について研究する岩村暢子《のぶこ》さんが書いた『変わる家族　変わる食卓』（勁草書房、中公文庫）の中で、「日々の食卓を丁寧に調べてみたら、日本の主婦は、言っていることとやっていることが逆さまだった」と書いてありましたけど、まさにこれも50％社会。じゃあ、それがでたらめな社会かというと、要するにそれこそが日本人で、日本の社会はそういう風に存在していると言うしかないんじゃないか、と思うんです。

隈　どんな問題に対しても、日本人の本音は五分五分で、どっちつかずだということなんですね。

養老　そう。この論の面白さは、「日本では半分の人間がウソをつく」という、シンプルな仮定だけがあるところなんです。髙橋秀実《ひでみね》さんが『からくり民主主義』（草思社、新潮文庫）の中で書いていたこともまさしくそうでした。どんなに反対や賛成が激しくても、沖縄米軍基地問題などでは、その比率は半分ずつに近いって。全員が賛成と言うとお金が出ない。全員が反対になっても、お金は出ない。比率が拮抗《きっこう》していると最大限にお金を引き出せる。

隈　それを日本人は無意識のうちに学習しているのかもしれないですね。

養老　日本の社会は元来、本音を隠しながら、五分五分で調整してきているんじゃないかなと思いますね。

隈　確かに日本人は、やりたいことを「やりたい」って言いません。中国なんかに行くと、それこそ建築計画でも、みんな「やりたいことは、ここでちゃんと儲《もう》けたいということです」ってはっきり言いますけど、日本の大手不動産会社は「儲けたい」なんて絶対言いません。代わりに、「社会に奉仕したい」とか言います（笑）。

養老　儲けることに関しては、穢《けが》れとつながるみたいなメンタリティがあるのでしょう。

隈　お金を儲けることが企業の目的なのに、会議でそれを言ってはいけない。だから日本の会議は、すごくフラストレーションがたまります。しかも「この人は、何を言いたいんだろうか」と思惑が分からなくても、そこで「あなたは何を欲しているのですか？」と聞いたら、場が「それを言っちゃあおしまいよ」みたいにしらっとなって、本当におしまいになる。大企業の会議は不思議な雰囲気が漂っています。

養老　「儲けます」と言うとホリエモンみたいに捕まっちゃうんだよね。

隈　日本ってそういう社会なんですよ。

ロンドンで知った日本人の甘さ

養老　僕が「俺って日本人だな」と思ったのは、ロンドンのブリティッシュ・ミュージアムにいた時なんですよ。昆虫のタイプ標本を調べなければならない時があって。

隈　タイプ標本というのは？

養老　最初の一匹を新種登録する時に使う標本をタイプ標本って言うんです。いわば初号機ですね。そのタイプ標本をパリから借りて、ブリティッシュ・ミュージアムの研究室で調べる仕事があったんです。ただ、初号機を自分が解剖していいのかという気持ちが僕にはあった。

隈　世界初のものですものね。それはためらいますよね。

養老　そうそう。だから、目の前にタイプ標本を置いて、しばらく考え込んでしまったわけ。そうしたら、僕より若いイギリス人の研究者が通りがかって「何をしているんだ？」と声をかけてきた。「こういう事情で、この標本を調べなきゃいけないんだけど、貴重なものだから解剖したものかどうかと考えている」と答えたら、彼は即座に「You should」つまり、解剖しなければいけないと言ったんです。

隈　彼らにすれば、それが自明のことなんですよね。

養老　研究者の理屈で言うと、研究のためにタイプ標本を解剖するのは、どうしても必要なことであって、タイプ標本というのはむしろそのためにある。ところが我々日本人は、タイプ標本に権威付けをするんですよ。そこが彼らと日本人との違いだということに気付いて、はっとしましたね。

隈　思考の原理が根本的に違う。それは僕も日ごろから実感しています。

養老　俺は甘いな、と思いました。

隈　甘いのが日本人です。

養老　最近、『日本はいかにして中国との戦争に引きずり込まれたか』（田中秀雄著、草思社）という本を読んだんです。「支那通軍人・佐々木到一の足跡から読み解く」という副題の通りに、当時の新聞記事を順番に並べつつ、その間に支那通の軍人だった佐々木の行動や思考の文章を載せていく構成なんですが、そこに臨場感があってね。

それで昭和一二年七月七日に起こった盧溝橋《ろこうきょう》事件のことに触れているんですね。ちなみに僕は同じ年の一一月一一日に生まれているんですけど（笑）。

佐々木の足跡から著者が見つけていく盧溝橋事件の本質って、決して日本の「侵略」ではないんです。そんな単純な話ではなく、要するに、中国が覚悟をもって策略した、中国における本土決戦ということなんですよ。つまり、中国本土に日本軍を引き込んだんだから。

隈　当時は満州国の勢いがありましたから、中国はそれに対して真剣に危機感を持っていたことでしょう。

養老　満州国というものが既定路線で、できあがりそうになっていた。うっかりすると中国の金持ちも満州に投資をした方がいいという流れになっていたんです。そんな中で日本に最終的に勝つためには、日本軍を本土に引き込んで持久戦に持ち込むしかない。そのように中国の首脳は決断したんです。

隈　逆に言うと、それに乗せられてしまったのが日本軍だったんですね。

養老　僕は終戦の時、小学校二年生でしたが、日本軍が「一億玉砕」と本土決戦を豪語していながら、結局、決戦は沖縄でしか行われず、広島と長崎に原爆を落とされて降伏したことが腑《ふ》に落ちていなかった。要するに、日本軍は本音では本土決戦をやる気はなかったんだな、と後から気が付いたんです。

隈　日本の軍部は甘かった。

養老　そうなんです。甘いんですよ。それで敗戦後、欧米人が日本で戦争の責任を追及すると、「あの場の空気では、ああするのはやむを得なかった」という話になった。欧米人たちは、「そんな非論理的な理由はあり得ない」と怒る。欧米では子供のころから主体が存在するということを思考の原理として叩《たた》きこまれるでしょう。だから「戦争責任の追及」という行為が可能になるんです。何であんなことになったんだ、それはナチが悪い、ヒトラーが悪いと、個人の責任に行き着く。

隈　でも我々日本人は、その物語構造を共有していないですよね。

養老　日本で戦争責任を問うと、「あの場の空気がそうだったんですよ」となる。

隈　日本人にとっては、それがある意味で最も客観的な見立てになります。

養老　ばかな話に聞こえるかもしれないけれど、あの場にいた人間が満腹か、満腹でなかったかで、結論が変わった可能性がある。それが非論理的だというのは欧米からの見方であって、そういう状況依存の極致のような「論理」を我々は共有している。そういう論理構造を、我々は取っているんです。

隈　脳科学を研究している人たちが、「果たして人間に自由意思というものはあるか」という考察をされていましたよね。*

養老 それ、論理的に突き詰めると、「完全なる自由意思の存在は否定せざるを得なかった」という結論になったんです。

隈 自分の日常を考えたって、自分が全部決定しているわけではなくて、天気とか体調とかによって左右されます。周りの景色とか雲の動きとか相手との関係性とか、そういうものが全部関与していますよね。

養老 それこそが日本人なんです。だから国際社会から戦争責任と言われても、今一つぴんと来ない。今のビジネスで言うと、グローバルスタンダードが流行しているから「CEO」みたいな肩書が出てきますよね。あれも欧米では、責任を取る存在ということでCEOがいるんですが、日本では個人が責任を取るという原理が定着していないので、CEOごっこになっているでしょう。

隈 取締役会のみんなで、何となくこっちへいくという風に決まりました、というのが日本の経営のかなりの部分を占めているでしょうね。

養老 CEOの決断に賛同したふりをして、成功したら万々歳だけど、失敗したら、「うーん、どうしてでしょうね」って責任を取らない。面従腹背というけど、日本は典型ですからね。

隈　その話がどこに戻るかというと……。

養老　すみません、すぐに脱線して（笑）。冒頭の地方の過疎《かそ》とか地方消滅とかの話ですね。

バブル後の日本の銀行の不良債権の実態を暴《あば》いた人なんですよ。そのアトキンソンさ

デービッド・アトキンソンというイギリス人がいて、彼は金融アナリストとして、

んが、日本の伝統文化財の保存修復をやっている会社の社長を務めているんです。

「小西美術工藝《こうげい》社」という名前の会社なのですが。

隈　へえ。

養老　アトキンソンさんが最初に取り組んだのが「漆《うるし》」です。日光東照宮の陽明門など、日本の伝統建築や工芸に漆は欠かせないけど、それらに使われるのも、今では100％中国産なの。それをまず日本産に変えようということで、社内の改革に取り組

＊一九八〇年代にカリフォルニア大学サンフランシスコ校の生理学者、ベンジャミン・リベットが行った実験では、任意の時間に被験者に手首を曲げてもらい、それと関連する脳の活動を観察したところ、意識的に動作を決定するよりも前に脳がそれを「準備」していることがわかった。

んだんです。

隈　僕もかねてから、日本の伝統工芸を残したいと思っているので、心強い話ですね。

養老　それで、会社にいる漆職人が、みんなおじいさんになっちゃっているわけです。

隈　日本の地方の過疎構造と同じなんですね。

養老　そこで彼は、じいさん連中に会社の状態と、近い将来の危機を説明したんです。で、「会社をつぶすか、みんなの給料を下げてでも若い人を入れるか」と言ったら、みんなが会社の存続を願ってくれた。多い人は自発的に75％も年俸を減らしたそうです。その代わりに、会社は職人に二人の若い助手を付けたというんです。若い世代は彼らの子供というよりも孫ぐらいだから、かえって一所懸命指導して、会社もうまく回るようになった。

隈　田舎でおじいさん世代が若い人の流入を邪魔していても、新しい仕組みを入れれば、回っていくんですね。

養老　それは田舎だけの話じゃなくて、日本の古い会社でも同じことなんですよ。日本の経済で最も伸び代《しろ》が残っているのは、実は社内の効率なんです。

隈　日本の会社の効率が低いというのは有名な話です。

養老　その核心の原理が、日本の場合は「面倒」という言葉にあるとアトキンソンさんは言っています。ほら、何か新しいことをしようとすると、「それをしたら面倒なことになりますよ」と必ず言われるでしょう。

隈　いや、本当です。

養老　「それはちょっと面倒ですな」という話法が必ず出てくる。それは、事態が面倒なことになるんじゃなくて、お前が面倒くさいだけだろうということなんだけどね（笑）。

親しい人の遺体は解剖できない

隈　そんな日本の社会において「死ぬこと」というテーマについて考えていきたいと思います。養老先生はご自分の著書で、死に対して一人称、二人称、三人称という分類をされていますよね。

養老　一人称とは「自分自身」のことで、二人称は「家族や知り合い」、三人称は「知らない人たち」です。その中でも、「二人称の死」だけが考察の対象になる。

隈　それはどういうことなのでしょうか。

養老　そもそも自分が死んだら、自分の死のことなんて考えられないでしょう。自分と縁のない、赤の他人である「三人称の死」も、まあ関係ないよね。今、隈さんと僕が対談しているこの瞬間だって、世界を見ると、何人もの人が死んでいるんですよ。でも、そのことは我々には何の影響もない。

隈 でも、ここにいる誰かが亡《な》くなったら大ごとですよね。

養老 それが「二人称の死」ですね。それはつまり、共同体の問題になってくるんですよ。

隈 生きている時だけじゃなくて、死こそがまさしく共同体に属する。

養老 自分が死んだら、自分のことはどうとも思えないし、行動できない。死後に「自分」という主体が残るのは、共同体においてなんです。僕は、自分の死について考えることは無駄なことなので、やめているんですが、親しい人には惜しんでもらいたい気持ちはある。人は、共同体には記憶していてもらいたいと思うものでしょう。

隈 先生のおっしゃる共同体というのは、「私」と「あなた」という二人称の、もっと大きなもののことですか。

養老 そうですね。それも家族からもうちょっと広がって、日本の場合だと世間と言われているもの。厳密に定義することは難しいのですが、一応自分とつながっているという前提の人たちですね。

隈　養老先生が死に対する距離感を考え始められたのはいつぐらいからなんですか？

養老　僕は解剖をやっていたでしょう。そのころからですよね。解剖が行える対象というのは、基本的には三人称なんですよ。知り合いを解剖するのは僕でも嫌ですもの。一度、僕らの先生だった教授からご遺体をいただいたことがあったんですよ。藤田恒太郎《つねたろう》先生という実直な方で、そういう方なもんだから考えが真面目《まじめ》で、遺言でやかましく「自分の体を実習用に出しなさい」って指定されたんですね。でも一週間後に教室全員一致で引っ込めちゃった。「藤田先生がここにいらっしゃると、邪魔でしょうがない」って。

隈　亡くなった後にも、影響力を発揮されている（笑）。

養老　解剖学の部屋に「二人称」がいると、生きているのと同じ扱いになってくるんですよ。だから、何ともやりにくくてね。

隈　二人称と三人称の間の、「二・五人称」ぐらいの死はありますか。

養老　たくさんありますよ。解剖でいえば二・五人称もやりにくいものなんです。心理学でいろいろ言われていますが、例えば政治家だって、一度でも顔を見たことのある人物って強い影響力を持つんですよ。彼らは人に顔を見せると票になるって分かっているから、あんなにニコニコして握手して歩くんです。

隈　握手でいえば、先生は以前、解剖では手にメスを入れる時が一番抵抗があるっておっしゃっていましたね。手には顔以上に、三人称も二人称に引き寄せる妙な力があるんじゃないかなって気がします。

養老　それは僕は酒場でしょっちゅう言って聞かせています。飲んでいる最中に隣の男に対してこうやって手を握ろうとすると、すっ飛んで逃げるよ。

隈　女性にやったら、危ない結果になりそうだけど。

養老　解剖をやっていたころ、酒を飲んで横須賀線に乗っていて、目が覚めたら僕の左手が隣の人の太ももをつかんでいた。何か夢を見ていたんだね。つかまれた方が一番びっくりしたと思うけど、自分でも怖かったですよ。ただ、その隣のやつは男だった。

隈　女性だったら先生の今はなかったかもしれません（笑）。おっしゃるように、手が持つ意味って大いにあると思います。ヨーロッパでは、相手の頬にキスする挨拶《あいさつ》があるじゃないですか。あれ、日本人にはあり得ない接触ですが、ヨーロッパで仕事をしてその挨拶に慣れちゃうと、むしろ手を握る方が緊張します。頬と頬は平気なのに、手と手を合わせると、距離がすごく近くなる気がするんです。

養老　確かに頬の方があまり抵抗ないね。

隈　頬に反応していたら、日本の満員電車に乗れない（笑）。でも、電車の中で手を握られたら、びっくりします。

養老　満員電車で手を握ったら、間違いなく痴漢だね。

心臓を別に分けて埋葬するハプスブルク家

隈　養老先生が書かれた『身体巡礼』（新潮文庫）には大変面白いお話がたくさんあります。この本は「死後の身体」をめぐって、ドイツ、オーストリア、チェコを回りながらの、死体の扱いについての、ぞっとするようなフィールドワークと論考です。先生がリタイアされた後に、このあぶない領域をテーマにされたのは、どうしてだったんですか？

養老　「死んだ人」を残された人がどう扱っているかという話は、ある意味で永遠のテーマなんですよ。個人的にはどう扱おうと、どうでもいいと思っているんですけど、国によって埋葬の仕方とか弔い方が、実にいろいろとある。まあ、面倒くさいから決めているんだろうけど、そこに文化の特徴が出ているわけです。その観点から見ても、世間の常識って場所によってずいぶん変わってくるんだなと思います。本の冒頭で取材したハプスブルク家の死者の扱い方なんか、完全に異常だよね。

隈 異常です。心臓と、他の内臓と、遺体を別々にして、三か所に分けて埋葬するなんて信じられません。

養老 そう、ハプスブルク家では家族の一員が死ぬと、心臓を特別に取り出して銀の心臓入れに収めた。肺、肝臓、胃腸などは銅の容器に、残りの遺体は青銅や錫《すず》の棺《ひつぎ》に入れられた。驚くなかれ、それが二一世紀、子孫のオットー・ハプスブルクの遺体でも行われた。私から見ても、非常に特異な埋葬儀礼です。

隈 先生はご本で、「ハプスブルク家のルーツは、今でいうスイスの田舎だ」と書いておられました。スイスで思い出したのですが、「スイス人は冷蔵庫に、いろいろなものをいつまでも貯蔵しておくヘンな人たちだ」というジョークがあるんです。僕は「スイスの冷蔵庫文化」と呼んでいるんですけど、確かに彼らは冷蔵庫の整理がやたらにいい。

冬季に山の中に閉じ込められる風土だから、肉の塊からチーズから、何から何まできちんと整理して、大事に大事に食べていかねばならないんでしょう。スイス人というのはそういう習慣で生き延びてきたしぶとい連中だと思うんです。そんな肉を貯蔵して時間をかけて食べる冷蔵庫文化と、「ハプスブルク・スイスルーツ説」がつながって、腑に落ちる思いがしました。

養老　隈さん言うところの冷蔵庫文化というものが、現在の一般市民の間に受け継がれているのは面白いですね。

隈　ルーツが牧畜民でしょう。屠《ほふ》った動物の処理に慣れているんですよ。それはハプスブルク家の埋葬文化ともつながるんじゃないかと思いました。

スイス人の建築家でベルナール・チュミという人がいます。ニューヨークのコロンビア大学の先生で、僕のニューヨーク時代の恩師でもあるのですが、彼も自分が若いころに作ったものを、いまだに取っ換え引っ換え出してくる人なんです。

代表作にはパリの北にある食肉処理場の跡地に設計した「ラ・ヴィレット公園（一九八二 - 一九九八）」があるのですが、公園の中に小さなパビリオンがいっぱいあって、そのコチョコチョした感じがすごく独特なんです。食肉処理場の跡地というのも、怖いくらい冷蔵庫的だし、そこに冷めた料理がいっぱい並んでいる感じの設計です。僕は彼のことを、ひそかに「冷蔵庫建築家」と名付けていたんですが（笑）。

養老　風土が文化を規定するし、そういう風土が好きで集まってくる人もいるし、相互的なんでしょうね。

ドイツではカトリック信仰の厚い南ドイツのバイエルン王家でも、心臓埋葬が流行《はや》りました。「狂王」の異名で知られるルードヴィッヒ二世はこのバイエルン王家であるヴィッテルスバッハ家の出で、彼の心臓もすごい装飾の銀器に入れられていますよ。

隈 さすがノイシュバンシュタイン城を作ってしまった人間ですね。あの城の異常さは心臓埋葬にもつながっているんだ。

養老 話がまた横道にそれるけれど、最近、イギリスのBBCが作ったテレビドラマ『SHERLOCK（シャーロック）』が話題になったでしょう。あの番組を見た人が、死体のとらえ方、扱い方にびっくりしたと言っていました。

隈 どんなことをするんですか。

養老 要するに現代版のシャーロック・ホームズが活躍する話なんだけど、そのシャーロック自身が「高機能ソシオパス（超優秀な社会不適応者）」という現代的な設定になっていて、死体にめちゃくちゃ鞭《むち》を打って、どのような痕《あと》が付くか、平気で調べたりしている。あと、テロリストのハイジャック情報を得た国家機関が、ハイジャックされる予定の飛行機の中に死体を詰め込むとか。そうやって、偽《にせ》の乗客を入れた飛行機をテロリストに乗っ取らせて、爆撃できるようにするんです。

隈 ぎょっとしますね。

養老 乗客の死体には子供のものもあって、そういうものをＭＩ６（イギリスの秘密情報部の通称）は有事のためにちゃんと保管しているというお話になっている。本当かウソかは知りませんよ。ただ、隈さんがおっしゃったように、あっちの人って、人間の死体に関して家畜的な取り扱い方ができるメンタリティがある。

隈　うーん。養老先生だからこそお聞きしたいのは……先生にとって昆虫は死んでからも価値がずっとあるじゃないですか（笑）。

養老　不思議だね。だからこそ、僕はヨーロッパの納骨堂を回っているのかもしれないね。

隈　養老先生は日常からして、納骨堂に囲まれている。

養老　僕のところに何万匹いるんだか、数ももうよく分からないんだけど、そこまで数が多いと、死んでいることと生きていることの境界がどうでもよくなる。だから、動く虫を見るとびっくりしますよ。

隈　あ、生きているって（笑）。

養老　やっぱり僕は、半分死者の世界にいますね。

隈　だから死も怖くないんでしょうか。『死者の書』を書いた折口信夫《おりくちしのぶ》なんかは、どうだったんでしょうね。

養老　怖いからこそ、あそこまでの仕事をやったんでしょうね。怖いことをものすごく突き詰めていくと怖くなくなる。だから、彼はものすごく怖かったのかもしれない。

隈　養老先生に現世への執着なんていうのはありますか。

養老　それは時々考えますけどね。結局、「別にねえな」で終わります。俺が死んだら、この膨大な量の標本が残って困るだろうな、ぐらいは思いますが、それも池田清彦くん（生物学者）あたりに頼んでおけばいいかな、って。

隈　池田先生に限らず、養老先生はご自分の志を受け継いでくれる方々を周囲にお持ちですよね。

養老　変人の周りには、変人が集まるようになっているんですね。僕と面識のない人も、勝手に僕の弟子だと言っている。この間、江戸時代や、さらに古い縄文時代の人骨から、正確に顔を復元する研究をしている大学院生の話を聞いたんですが、彼女も僕を勝手に師匠と呼んでいるということでした。

隈　昆虫の標本に限らず、僕の仕事で言えば、建築や街並みは個人の死を超えて継承されていくものですが、養老先生の場合は、変人という人材が継承されていっている。すばらしい。

養老　すばらしいかどうかは知らないけれど、茂木健一郎くん（脳科学者）なんかも押しかけ弟子ですね。最初は一面識もないんだけど、この人は面白いと思って、書評とか何かで紹介すると、相手から来てくれるケースが多いですね。武道家の甲野善紀さんもそうですよ。
甲野さんとは対談をきっかけに知り合ったんだけどね。そうやって知り合っていった人たちが、だんだん子供を産んでいくんですよ。今は森田真生《まさお》くんという、数学の独立研究者を名乗っている若い男性が孫弟子になっています。

隈　武道から、数学に飛ぶ。

養老　森田くんは「数学の演奏会」と称して、素人《しろうと》を集めて数学の解説をしています。『天地明察』（沖方丁《うぶかたとう》著、角川文庫）にも描かれていた世界ですけど、江戸の算額って、問題をそこで発表したり、問題が解決した時に奉納したり、そもそもそういう交流の場だったんですよ。和算家は、地方の金持ちのうちに呼ばれて数学の講義をしたりしていたんだ。あと、弟子というわけじゃないけど、C・W・ニコルさんも、昔から知っているみたいな感じでつきあっています。要するに、日本の世間に対してちょっと距離のある人が集まってくるんだね。

隈　周りから理解されにくいことをやっている人が多い。

養老　もう、甲野さんなんか典型でしょう。「そんなこと、やめたら？」みたいな目で見られている人が多いんですよ。でも、僕は「自分が人と変わっているのは当たり前じゃないか」ということを言い続けているから、それで背中を押されるみたいですよ。僕の本を読んだ人から、「気が楽になりました」とよく言われるもの。変わり者って、社会にとっては貴重で、簡単につぶしてはだめで、何かの形でブレイクをさせてあげなければいけないんですよ。

「ごみ置き場」のようなお墓を作る

養老　隈さんは建築を設計される時に、人が死ぬ場所というものは意識されますか。

隈　死ぬ場所というか、そういうものの設計者に向いていると思われているらしいです。「建築はエイジングしていく姿が美しい」とか言っているからでしょうか、最近はお墓関係を頼まれることが増えました。この間は韓国の実業家のお墓を設計しました。

養老　へえ。

隈　漢江《ハンガン》沿いの広大な敷地の中に一族が集まって飲食もできる記念館を作ってください、という依頼でした。その有名実業家は、漢江で水上スキーをするのが好きで、その川が見える丘が記念館の敷地でした。ワインセラーが併設されているんですが、それなりに厳かな雰囲気も必要で、バランスに苦心したんですけどね。
香港《ホンコン》の大金持ちからは、ハワイにファミリーのお墓を作りたいという依頼もありました。敷地はワイキキの反対側にある有名な公園墓地の中なんです。そこの墓地は一見すると草原が広がっているだけなんですね。草原の足元に花瓶が埋めてあって、花だけがぽっと地上に出ている。不思議なんだけど、すごくきれいな眺めなんです。
その公園墓地の端の谷には、京都の宇治にある平等院がそっくりそのまま復元されて建っているんですよ。キッチュと言い捨てられない迫力のある建築で、ハワイの日系人がそこの墓地の真ん中に建てたいということで建てられたそうです。
養老　ああ、それなら写真で見たことがありますよ。
隈　名所のようになっているんですよね。その中の大きな区画を、その香港のファミリーが買ったんですが、ここもお墓というよりは集会所的な設計を求められました。屋根があって、その下にみんなで集まってテーブルを囲んで飲み食いをするようになっています。日本ではそういう集会所的なお墓というのは頼まれたことがないですけどね。
養老　韓国人や中国人は、完全に家族共同体で生きていますからね。それでいえば、ハプスブルク家の霊廟《れいびょう》もそうです。家族の範囲がどこまでかというのは国によっていろいろあると思いますが、ハプスブルク家の場合は王位継承権というもので規定されていました。

隈　韓国においても中国においても、血縁共同体の縦系列というのが一番強い絆《きずな》ですよね。仏教よりも「血」の方が精神的には社会を支配しています。

養老　だいたい本来の仏教では墓というものはないですからね。上座部仏教、つまり日本で言うところの小乗仏教の国のラオスにしろ、チベット仏教の流れを汲《く》むブータンにしろ、墓がないです。

隈　墓とか墓石とかができたのは、何でなんでしょうか。

養老　あれはおそらく中国文化の伝播《でんぱ》で、祖先崇拝ですね。例えばベトナムのように中国文化の影響の強いところは墓があります。

隈　養老先生は、カイロの墓地は行かれたことはありますか？　カイロ、ミラノ、ニューオーリンズを世界三大墓地と呼ぶことがあって、僕は墓に興味があるので、その三つを見てきました。

養老　カイロの墓地は行ったことがないですね。

隈　カイロの墓地って人間がそのまま住める家が並んでいるんです。

養老　家の形をしている墓ということじゃなくて？　大きさも家そのものなんです

か？

隈　死人がそのままそこに住めるようにということで、墓が家そのものなんです。もちろんお金がある人だけの墓地ですが、家がばーっと並んでいる光景は、墓地というよりは住宅地です。

養老　日本でも、住宅分譲地で墓地に見えるようなところがあるじゃない（笑）。

隈　郊外の分譲地って、やっぱり墓に限りなく近いものかもしれません。住宅ローンで無理して家を買って、それに縛られて逃げられないというのは、墓の中に閉じ込められていることと似ています。で、カイロの墓では、メンテナンスをしていないところに、ホームレスが住み付いているんです。家そのものだから、ホームレスにとっては最高の棲家《すみか》ですよ（笑）。

養老　そういう墓地の作り方にエジプト人的な死生観を感じますね。ミイラを作って遺体を保存するように、いつでも戻ってこられるように、ということでしょう。

隈　家の形をしたお墓は、そういう思想の延長線上にあるんでしょうね。沖縄の墓も家の形をしていますよね。カイロほど大きくはありませんが。

養老　そう、あそこは洗骨の習慣があったから、骨を入れる甕《かめ》が大きかったんですね。沖縄の亀甲墓は南アジアの文化ですね。ベトナムでも似た墓を見たことがありますし、中国の南の方も同じだと思う。ただ、奄美《あまみ》大島では洗骨の習慣が相当省略されて、風葬に近くなっていたと聞きましたが。

隈　風葬では、墓とか墓標とか、そういうものは建てないんでしょうか。

養老　風葬では一切ないですね。もう、そのままで終わり。だから、海岸の洞窟《どうくつ》が一種の共同墓地みたいな場所になっています。

隈　日本でお墓が建つようになったのは何年ぐらいからでしょうか。

養老　ヨーロッパでもそうなんですが、時代によってずいぶん違うんです。古墳時代の日本は、偉い人には墓がありましたよね。でも、日本の場合、中世の一般人は風葬がほとんどです。神奈川の鎌倉なんか典型で、ちょっと土地を掘ると骨だらけなんですよ。

隈　ああ、鎌倉ではいっぱい出てくると聞きますね。

養老　いっぱい出てくる理由は、溶けないからなんです。中世の時代は残った骨を海岸に埋めていた。海岸は中性の土壌だから骨が溶けないで残るんですね。でも、関東地方だったら関東ローム層という酸性の土壌なので、骨は全部溶けちゃいます。ヨーロッパは骨が溶けずに残る土壌です。中世のヨーロッパもよっぽど偉い人以外の個人の墓は珍しい。とにかく教会の共同墓地ですね。それで骨だらけになります。

隈さんは日本でお墓の設計は手がけられていますか。

隈　親父《おやじ》のお墓を、僕の事務所の隣にある梅窓院《ばいそういん》（東京・南青山）に作りました。もともとは、先祖が家老を務めていた九州の大村にあったのですが参拝するには遠いので、だったら自分の事務所の隣がいいだろうということでそこに。梅窓院は建物やホールを設計させていただいたよしみがありましたし。その梅窓院には、黒川紀章さん（建築家）のお墓もあるんですよ。

養老　そうなんですか。

隈　黒川さんは一番いい区画を生きているうちに買われて、最初はすごくモダンな墓石を建てられたんです。でも、できあがったら自分でもデザインが気に入らなくて、もう一回費用をかけて建て直したとうかがっています。今、建っているのは、まったくオーソドックスな昔ながらの墓石で、そこにお名前が書いてあります。

養老　あれだけ奇抜な建物を建てまくった人が。

隈　メタボリズムもカプセルホテルもやりまくったけど、最後にまったく普通の立派なお墓を建てられた。メタボリズムというのは、時間というファクターを建築に取り入れた概念で、時の経過とともに変化し続ける建築を提案されたのですが、当人のお墓は「ディス・イズ・ザ・日本のお墓」みたいな感じで、いわばメタボリズムの対極。

ちょっと残念でした（笑）。

養老　隈さんのお墓はさぞ、こだわったデザインなんでしょう。

隈　黒川さんと対極に、モダンデザイン――「負ける建築」風のマイナスのデザインにこだわって建ててみました（笑）。

養老　どんなお墓なんですか。

隈　石で区画を囲っただけのお墓です。普通のお墓って、墓石の形はいろいろにしても、墓石が一応のモニュメントとして、区画の真ん中に建っていますよね。僕は墓石を建てず、区画もその周りを石で囲っただけなので、ちょっと間違うと、ごみ袋を置くごみ捨て場のような場所に見えるんです。

養老　お墓ではなく、ごみ置き場ですか。いいですねえ。

隈　黒川さんみたいにひよらないで、モダニストとしてのデザインに徹しました（笑）。誰かが一度ごみを置いたらそこはもうごみ置き場として認識されるようになるだろうなと思ってちょっと心配しているんですが、幸いまだ誰も置いてないから、お墓と認定されているようです。

東京・南青山の梅窓院にある隈家のお墓

自宅で葬式をしない日本人

養老　昔の日本の家には、お葬式が挙げられるような場所がありましたけど、今では都市圏に限らず、自宅で葬儀をすることがなくなってきました。とりわけマンションではそうですね。

隈　その代わりに、葬祭場、いわゆるメモリアルホールがずいぶんと増えましたよね。

養老　都内では大半の人が病院で死にますから、病院からメモリアルホールへ直行じゃないでしょうか。

隈　ご遺体が家に帰ることは、ほぼない。

養老　狭いマンションに持ってこられると迷惑なんですよ。

隈　二〇世紀の経済成長時代に建てられたマンションって、死が想定されていないつくりなんですよね。

養老　もうすでに起こっているけれど、これからマンションで亡くなる方はいっぱいいるわけですね。

隈　死が想定されていないマンションに、死が想定される老人がいっぱいいるんです。

養老　でも、マンションのエレベーターって、棺桶《かんおけ》が横に入るように設計されていなかったでしょう。棺桶を縦に起こして入れなくちゃならない。大変ですよ。

隈　棺桶を立てることって、日本人にとってはものすごく許せないことですよね。

養老　解剖医の時代に、僕は建物の四階から棺桶を下ろしたことがありますよ。埼玉の病院でした。病院の正面から出されちゃ困りますと言われて、じゃあどこから出すんだよと聞いたら、裏に非常階段がありますということだった。棺桶を横にして非常階段を下りていくのが大変でした。特に曲がり角が大変なんですよ。ピアノの引っ越し業者みたいなテクニックが必要になる。

隈　それはそれは。

養老　棺桶を投げるわけにいかないでしょう。昔、高層団地を作った公団の人に、「棺桶はどうやって運ぶのか」って聞いたことがありますよ。公団の人は「マンションに住むのは若い夫婦たちで、彼らはいずれ戸建てに引っ越す前提だから、大丈夫なんです」と言っていた。よくもそんなでたらめが言えたもんだよね。病院の四階でも苦労したのに、十二階から階段を使って下ろすのがいかに非現実的で大変なことか分からないかなあ。

隈　今、最新のマンション用エレベーターは、壁面の一部を外して棺桶が横に入るようになっているんです。

養老　そうなんですってね。ちょうど棺桶の大きさに穴が開いているとか。ただ、東京の昔の団地はそうなっていませんでしたよ。

隈　自宅での葬儀が少なくなってきたのは、戦後、日本にアメリカの家のスタイルが入ってきてからですよね。アメリカの家のスタイルというのは、つまり家で葬式を挙げないスタイルのことです。

養老　あっちで葬儀の場所といったら、教会ですからね。

隈　しかも二〇世紀のアメリカ住宅というのは、ピューリタニズムの延長の清潔思想で作られていますから、台所からトイレからシャワールームから、すべての場所をサニタリー思想で、衛生的にきれいにするわけです。もともと死に場所がない上に、サニタリー思想できれいにされちゃったものがそのまま日本に入ってきて、さらに今の新建材のビニールクロス文化になりました。

養老　なるほど。

隈　日本のマンションと韓国、中国のマンションを比べても分かるんですが、日本は台所をすごくきれいに作るんです。でも、韓国や中国のマンションって台所でちゃんと汚れ仕事ができるようになっている。キムチを漬ける屋外の場所とか、そういう

〝汚い領域〟があるんです。人が住む場所って、そういう汚れ仕事の領域がないと難しいですよね。

養老　同じような話かどうか分からないけど、香港でＳＡＲＳ（飛《ひ》沫《まつ》ウイルスで感染する重症急性呼吸器症候群）が流行った時にびっくりしたのは、香港のマンションって上下水道が混ざっちゃうことがあるということでした。いったい、上下水道が混ざるって建築的にどういうことなんですか？

隈　中国や香港のマンションは、基本的にスケルトン主義といって、コンクリートの躯《く》体《たい》に大きな配管が入った段階で住み手に引き渡す方式なんです。水道管も住み手が勝手につなぐことになっているから、住み手がいい加減に作れば上水と下水が混じっちゃうこともあり得るんです。ですから、どんな高級マンションでも養老先生が言われたような事態は起こり得ます。

　片や日本のゼネコンは、国内のマンションでちょっとでも変なことを引き起こしたらアウトですから、そのあたりの技術はすごい。上下水道が混じり合わない技術を磨いて、日本のマンションは世界一清潔なマンションになったわけです。

養老　ＳＡＲＳの致死率は平均11％と言われていますからね。だったら日本では、マダニにやられる方が危ないかもしれませんね。マダニのウイルスの死亡率は、ＳＡＲ

Sと同じかそれよりも少し高いかぐらいでしょうかね。人類にとってはこれぐらいの致死率が、一番きついんです。それ以上に高くなると、人類側の生存者も減って、細菌やウイルスもろともに死滅してしまう。アフリカのエボラウイルスが、凶悪なものなのに、これまで世界で爆発的に流行ってこなかったのは、致死率が80％近かったからということもあるんですよ。そこまで高いと、地域の部族全員がやられちゃうので流行りようがないんです。ただ現在は、人の渡航が盛んになったので、より危ない状況になっているんですけどね。

「命は自分のもの」という思い込み

隈　養老先生は、死ぬのだったらこの病気で、というのはありますか。

養老　考えたことがないですね。やっぱり自然に年を取って、何も分からなくなって死んじゃうのが一番いいんでしょうね。癌《がん》みたいに余命とかがあんまり分かっちゃうのも嫌だね。最近は余計なお世話で、余命はいくらですとか言われるじゃないですか。

隈　治療の選択肢もいっぱい出てきましたしね。

養老　そうそう。五年生存率が48％とか訳が分からないよね。本人にとってはゼロか百なんだもん。だから、僕は考えないようにしています。だって毎日寝ているんだからさ。つまり毎晩、意識がなくなっているんだから、別にそこから戻ってこなくなっても何の不思議もないですよ。

隈　解剖をずっと手掛けていらして、こういう死に方は嫌だな、と思ったことはありましたか。

養老　そういうのはないですね。

隈　即答されましたね。

養老　僕がまだ助手のころ、若い女の子が研究室に訪ねてきて、「こちらで死体を引き取ってくれるでしょうか」と聞いてくるんだよね。「ええ、引き取りますよ」と言ったら、「電車に轢《ひ》かれたとか、ビルから落っこちたとかでもいいんでしょうか」と聞くんだよ。その場合でも使える場所があるから、「それでもいいですよ」と答えたら、「実はそれは私で、これから死ぬつもりなんですけど」って言うんだよ。

隈　何だか六〇年代的というか七〇年代的というか。アングラ劇団の女優さんのようなノリですね。

養老　「どこか話せるところはないですか」ということで名誉教授室を借りて、しばらく一所懸命に説得しましたよ。その間、ちょっと隙《すき》を見て精神科に「今、患者を一人寄越すから、よろしく」と言って。後で精神科から電話がかかってきて、「お前の言った患者は来てないよ」ということだったので、いちおう納得して帰ったんだなと思いました。そうしたら、一週間後に匿名《とくめい》で電話がかかってきて、「おかげさまで思いとどまりました」って。めでたしめでたし。

隈　養老先生は彼女にどんな話をしたんですか。

養老　説教臭いことを言ってもだめに決まっているから、何ということもない話。ただ、あの女の子には、話を聞いてくれる人がいなかったんだな、と思うよ。だから、比較的まともな人でしたよ。

隈　そうでしたか。

養老　一時の気の迷いで死なれたんじゃ、たまったもんじゃないよね。それと、子供が死ぬのは正しくない。それは今の世の中でもきちんと教えないといけない。でも、今の日本では暗黙のうちに「命は自分のもの」と教えているでしょう。

隈　若年の自殺は痛ましい限りですが、昨今の世の中では親子心中も後を絶ちませんね。

養老　それは日本では、子供は親のもの、特に母親の一部という意識があるからなんです。昔の間引きの習慣もそうです。生まれた直後までは母親の一存で生死が決まる。

そんな間引きの意識が後まで残っているのが無理心中の形なんじゃないかと思います。その延長が、高校生になった子供を保険金目当てで殺すような親ですよね。無理心中と同じで、子供が親の一部だから、そういうことをする。自分のものだから、どうやってもいいでしょう、という意識だと思いますよ。

隈　日本では、子供が人格を持って親から独立するのは、いつなんでしょうか。

養老　日本の場合、母親と子供の関係はとりわけ難しくて、いつから別人格として独立するかは、要するに決まっていないんですよ。

隈　少子化で、親が子供のことで病的に神経質になっている例も多いですよね。

養老　僕は近所の保育園で理事をやっているんだけど、今の子育てを見ているとちょっと怖いですよ。だって、お母さんが万事、手を差し伸べてやってしまうでしょう。子供には絶対安全なものしか食べさせないという姿勢が飛びぬけて強い人もいるし。周りは危険なものを食っているけど、うちの子供は安全なものを食べています、という話なんだけど、そういうお母さんって自分の子供のために安全を図っていると思い込んでいて、自分がいかに危険な母親かということに気が付いてない。そこが一番怖い。

隈　人間は状況次第でどこまで危険になるか分からない。

養老　戦争中や戦後みたいに極端な食糧難の中では、人間は自分でも思いもよらぬ悪事をします。その悪事の中で、善悪のバランスと自分が生き延びていく感覚がある程度、身に付いていくんだけど、今の人は悪事の方の感覚がまったくない。平和ボケとはつまりそのことで、子供のために安全を追求していると思い込んで、それがすべての言い訳になる。そういう人って、状況次第では殺人を犯しかねないんだけど、そこについては、まったく思いが至らないんですよ。

隈　新聞記事にある犯人像って、普通の人というのが多いですよね。

養老　殺人犯の身近にいる人にたずねると「あの真面目でおとなしい人が……」っていう紋切り型が返ってくるでしょう。

隈　真面目でおとなしい人が時々人も殺す、ということなんですね。

養老　それを他人だと思わないで自分だと思わなきゃいけないんだけど、今やそのバランスがまったくなくなっている気がします。

葬儀場のショッピングモール化

養老　僕は状況主義者で、そこがキリスト教信者の世界観と一番違うところだと自分で思っています。一神教の世界では、神様と自分が向かい合わせにあるということで、社会秩序を押さえていますが、日本の場合は、世間で押さえているんですよ。

隈 日本人にとっては世間というものが神の代わりなんですね。

養老 それが、状況で押さえているということです。だから、状況が変わると、社会秩序のバランスが崩れるんです。海外旅行中の日本人の不行跡《ふぎょうせき》が問題になって、旅の恥はかき捨て、なんて言われるけれど、状況が変わったことで普通の人が変なことをしてしまうんですね。今、世間が壊れてきている日本は、世界で最も世俗的な社会とも言われていますが、それは日本人の注意点として言っておかなきゃいけないことですね。

隈 神の不在ということであれば、ヨーロッパの教会や、日本の昔ながらのお寺は、亡くなった人を送るにふさわしい荘厳さがありますが、今は葬儀場でさえショッピングモール的な感じになってきていますね。今の日本人にとって、死者を送るための、いわゆるメモリアルホールも、イオンモールなんかと同じで、「パッケージの安心」に依存しているんじゃないかと思います。

養老 地方では家が大きいので、家での葬儀が主流でしたけど、都市近郊だって少し前までは、葬式は自分の家か近所の寺でやっていましたよ。知り合いでも自宅でやった人がいます。ただ、あれは結構、大変ですよね。列席者を片側から入れてお焼香してもらって、別のところから出てもらうとか、入り口と出口をちゃんと作らないといけないから。そういう家は昨今、都市とその近郊には、なかなかないでしょう。

隈　商家とか豪農みたいな家でないと、もう難しいですよね。あと、こうした文化は、女の人が裏方として働くという暗黙の合意の上に成立していました。都会ではそういう共同体的な合意が、もうなくなっています。

養老　冠婚葬祭とは、日常とは違った意味での「ハレ」の場だけど、その機能を失っているんだね。

隈　今の人って、隣人と同じような家、同じような持ち物、同じような人生で安心するマインドセットになっていて、同じような葬儀ができて人生が完結する。「あなたのために特別な葬儀をやって差し上げます」というのはかえって負担で、イオンモール的な軽いパッケージに、ほっとする。そういう気持ちは、ちょっと分かる気がします。養老先生は、ご自分の葬儀について、何か希望はありますか。

養老　僕はある時点から自分の死について、一切考えることをやめたので、葬式についても同じく、何も思うところがありません。

飛行機墜落死は怖いか

隈　この対談は「死」についてがテーマでしたが、どんどん「葬礼文化」についての話になってしまいましたね（笑）。

養老　いや、「死」そのものについては、実は語れることってないんですよ。だってそれは、あるようでないようなものだから。共同体から言えば、誰かがいなくなるということですけど、本人から言えば関係ないんだもの。自分が死んでも、困る自分はもういないよ。

隈　僕も同感です。まあ、そういう風に思わないと、建築家として毎日国境を移動して、日替わりで違う国で仕事をしていく、などという転々とした日々は送れません。自分の体のことなんかどうでもいいと、ほとんど投げやりな日常を送っていますから（笑）。

養老　どういう死に方がいいかと聞かれたら、ラオスに昆虫採集に行って、飛行機が落っこちるのが一番いいかな、ぐらいは答えるけど。よく落ちるんですよ、ラオスは。僕がよく乗るラオス国営航空の飛行機が、二〇一三年四月にサムヌアからビエンチャンに帰るとき離陸直後に落っこちた（死者ゼロ）。同じ年の秋には、メコン川に定期便が墜落したし（死者四十九）、翌年は軍用機が落ちました。軍用機には政府要人が何人か乗っていて、まとめて死んじゃった。

二〇一四年はマレーシア航空機の消失がありましたが、僕はあの前と後にマレーシアにも行っています。隈さんだって国際線の飛行機には、しょっちゅう乗っていらっしゃいますよね。ああいうニュースをご覧になっていかがですか。

隈　別に何とも思わないですね（笑）。

養老　僕も何とも思わない。ああいうものは起こった時のことなんですよ。だからこそ、パイロットとかフライトアテンダントとかは年がら年中乗っていられる。

隈　それでいうと、僕はプライベートジェットがすごく怖いです。もちろん自分のじゃなくて、お金持ちの仕事をした時に乗せられるやつです。金持ちとの仕事ではプライベートジェットが出てきて、いろいろなところに連れていかれます。

養老　どんなプライベートジェットなんですか。

隈　その金持ちのレベルによっていろいろあります。金持ちの中でも貧富の差がありますから（笑）。

先日、フランスの真ん中にあるオーベルニュというところで、クライアントの敷地を見たんですよ。クライアントは飛行機の元エンジニアだった人で、リタイア後の居場所を作りたいということだったんですが、その敷地を自分の飛行機で見せたいというこことで。飛行機は四人乗りの本当に小さい、かなり旧式なフランス製だったんですが、あれはちょっと怖かったかな。

養老　それはジェットでなくて、プロペラですか？

隈　プロペラで、バタバタいいながら飛ぶんです。高度も低いし、速度も時速二百キロぐらいでした。なんだか、車が時速三十キロぐらいでふらふらしながら運転しているような感じなんですよ。

養老　落ちちゃうよ。

隈　彼は飛行機が専門だというところを僕に見せたいから、敷地の上をぐるぐる回り続けるんだけど、こっちは、「なんでもいいから、早く降りたいな」って考えている（笑）。建築家は地面からどう見えるかという観点で設計をするわけで、空から見る敷地ってほとんど関係ないんですけどね。

養老　飛行機じゃないけど、僕も似たような話があります。地元の森を教育用に使いたいという相談を受けて北陸の町に行ったら、そこの市長が消防のはしご車を用意していたんですよ。五十メートルぐらいの高さなんですけど、僕は高所恐怖症でね。

隈　養老先生でも断り切れなかったですか？

養老　だって、しょうがないじゃないですか。海岸で風もびゅんびゅん吹くしさ、参りましたって。

隈　養老先生は、強いていえば「ラオスに死す」が理想とおっしゃいましたが、僕は死ぬ場所も、死に方も、何もこだわることがないです。

養老　隈さんと僕は、客死の可能性だって高いでしょうね。昆虫学者はへんぴなところに行くから昔から客死が多いですね。京都大学の井上民二《たみじ》先生が乗っていた飛行機がボルネオで落ちていますし、アメリカの有名なグレシットという学者も中国で落ちています。ラオスと同じで、そういったところは危ないんですよね。

隈　養老先生はそれでも構わないですか。

養老　そういう趣味を持って、こういう生き方をしているんだから、そこはしょうがないでしょう。もう亡くなった方なんですけど、五十嵐邁《すぐる》さんという横浜の日本蝶《ちょう》類《るい》学会の会長をやった人がまたすごいんですよ。スラウェシのマカッサルの空港で乗っていた飛行機が着陸する寸前に落ちたんです。彼は窓から脱出して助かったんだけど、後部座席にいた乗客たちは機体の爆発で犠牲になった。彼はもともと後ろの席だったんだけど、飛行中にフライトアテンダントから、「あなたの隣の人の友人が前にいて、座席を代わってもらいたいと言っている」と言われて、前の席に移動した。それで助かったんですよ。

隈　へえ。

養老　五十嵐さんは無事に畳の上でお亡くなりになりました。

隈　ルイス・カーンという二〇世紀のアメリカを代表する建築家は一九七四年にニューヨークのペン・ステーション（ペンシルベニア駅）で死んで、しばらくは身元が分からなくて行方不明者として扱われたんです。

彼はバングラデシュの国会議事堂を設計した人で、死亡の直前はインドに通っていて、その出張から帰ってきたところで倒れたんですね。なぜ身元不明者として処理されたかというと、パスポートに住所が書いてなかったからだったと言われています。

養老　なぜ書いていなかったんですか。

隈　フィラデルフィアの彼のオフィスには階ごとにそれぞれ彼女がいたので、みんなに公平を期すために一つの住所を書くことができなかったという伝説が。

養老　それが隈さんにとっても理想ですか。

隈　いやいや（笑）。ただ、最後にインドに旅行をして、ペン・ステーションで倒れたっていうのは、カッコいいなと思っているんです。最近、僕もバングラデシュの仕事を始めました。あの混沌《こんとん》とした国の眺めの中でカーンが設計した国会議事堂だけは、この世のものじゃないみたいに輝いていて、泣けました。

養老　以前、ル・コルビュジエのような死に方がいいともおっしゃっていましたね。

隈　ル・コルビュジエは南仏の海沿いの土地に作った「夏の休暇小屋」に滞在中、眼前の海で泳いで、心臓発作で亡くなりました。ル・コルビュジエの夏の休暇小屋って、よくぞこんな小さなバンガローを別荘にしていたというぐらい本当に小さくて、粗末な建物なんです。日本家屋でいうと八畳くらいかな。インドの高等裁判所とか議事堂とか、大きな建築を建てた人が、小さな木造の小屋の前の海で亡くなる。自分が生み出した「大きな」建築物と対極的な死に方をしているところがなかなかいいな、と。彼のお墓がやっぱり南仏の海が見える高台にあるんですけど、これがまた小さくて素朴で、とてもかわいいんですよ。

養老　建築家は、そもそも共同体の外に存在しているところがありますよね。

隈　共同体の外にいる、さみしい孤独の人という印象があるからこそ、共同体からモニュメントを発注されるんです。共同体に属しているイメージが強すぎる人には、仕事を頼みたくないですよね。ルイス・カーンもル・コルビュジエも、共同体的、家族的なものとは対極の、めちゃくちゃな生き方をしているし、最期《さいご》の死に方も、お墓も、徹底的にミニマルにしています。そんなさみしさがカッコいいと僕は思っちゃうんですね。

養老　だから自分のところのお墓をごみ置き場なんて言っているんでしょう。

「死」と「定年」の恐怖

隈　養老先生が死を生々しいものとして意識された時とは、いつだったでしょうか。

養老　親父が死んだ時ですね。五歳ぐらいの時ですよ。

隈　それは覚えていらっしゃるんですか?

養老　記憶がそこから始まるんですよ。そういうのって、子供心にすごく残るんですね。たぶん、その光景が強烈だったので、それ以前の記憶が消えたんだと思う。これが九十歳とか百歳とかで死んでいれば、子供の方も淡々としていられるんだろうけどね。

隈さんにとって、死が生々しいものとして経験された時はありますか。

隈　やっぱり父親の死ですね。ただ、僕にとって父親って、そもそもからして老人だったんです。僕はうちの親父が四十五歳の時の子供で、小学生の時から「俺はもうすぐ死ぬから、お前らは覚悟しとけ」「その日のために金を使わず、質素に暮らせ」と脅かされ続けました。結局、当人は八十五歳まで生きたんですけど（笑）。

養老　そうやって息子に「呪《のろ》い」を授けたんだ。

隈　友達の両親はみんな若いわけですよ。若い親父がいると一緒に遊んでもらえるし、うらやましいなってずっと思っていました。何で俺の親父だけ年を取っているのかと。そのことが嫌でしょうがないし、「呪い」のせいで不安だった。親父はサラリーマンで、僕が十歳の時に五十五歳でしたから、もう定年がすぐなわけです。

養老　ああ。

隈　死と定年の恐怖ということを、小学生のころから僕は叩きこまれてしまったんです。僕がサラリーマンにならなかったのは、それが大きかったかもしれません。

養老　お父さんの心理としては、単に息子を脅かしたいわけじゃなくて、仕事や人生のストレスを、家族相手に発散していたんじゃないでしょうかね。それは、気持ちを考えれば分かります。今の世の中ではサラリーマンは普通の存在ですが、おそらく隈さんのお父さんぐらいだと、そんなに普通じゃなかったんじゃないかな。お父さんは何年生まれですか？

隈　明治四二年生まれです。

養老　うちのおふくろは明治三三年生まれで、親父が九つ下で四二年。そうすると、うちの親父と同じですね。

隈　そうなんですね。

養老　当時はサラリーマンというのが、おそらく日本の人口の一割という時代ですよ。自営業がほとんどの世の中でしたから、定年というのも普通はなかったんですよ。サラリーマンそのものがまだ珍しく、昭和一〇年代は一割だったのが、二〇年代になって二割になった。昭和の年代とサラリーマンのパーセンテージは比例していくんです。半分を超えたのが、確か一九五九年で、団塊の世代が就職して、七割とかに一気に変わったという統計を見たことがあります。その時に世界が変わったんですね。

隈　だとしたら死生観も変わりますよね。

養老　それは変わります。だって人の一生が変わったんだからね。

隈　サラリーマンが迎える定年というのは、死へのステップの一つ手前みたいな感じがありますね。というか、ほとんど死と同義語かもしれないですね。

養老　以前に会った福島県庁の人は、県庁を定年になって辞めた後、十年以内に半分が死にます、と言っていました。それも、なんとなく分かりますよね。生きがい、張り合いがなくなってしまうんですよ。

隈　またうちの親父の話なんですが、うちの親父の両親というのは親父が十歳の時に両方とも結核で死んじゃったんです。だから親父は人が年を取っていく過程を見ていないわけです。自分一人で初めて老いと死に向き合わなければいけなかったので、それに対する恐怖とストレスが普通の人よりもすごく強かった。それは確かだと思います。

養老　年を取っていく様を見ていないというのは、核家族化して、さらに単身の世帯が多くなっている、今の人たちに通じますね。

隈　脇《わき》で人が年を取ったり、死んでいったりするのを見るって、すごく大事な経験になるのですが、うちの親父は完全にそれから切断されていた。だから彼が若いころは「父は子に何か特別なことを伝えるものじゃないですか」っていろいろ人に聞いて回ったらしいんです。世の中の父子には特別な継承があるのに、それが自分には伝わらなかったという喪失感に一生支配されていたみたいです。

養老　ああ、なるほど。

隈　結局、誰も何も教えてくれなかったと言っていましたけどね。それで、その恐怖なりストレスなりを息子にぶつけちゃったんでしょうけれど、息子はいい迷惑ですよ。

養老　でも、親ってそういうものなんですよ。

隈　その親父は八十五歳まで生きたし、母方の祖父は九十歳、祖母は百歳まで生きました。だから、僕は彼らの老いと並走した感じはありました。

母方の祖父は、東京の大井町で開業医をしていて、週末は畑仕事をしに大倉山の小屋に通うような人でした。彼は途中で大倉山に医院を移して、九十歳近くまで患者を診ていました。「あんなボケたじいさんに診てもらって患者は怖くないのかな」と、僕は思っていたんですけど（笑）。まあ、ほとんど会話はないんだけど、それでも患者とスムーズに関係を築いている祖父を見て、こういう年の取り方はなかなかイケているじゃないかとも思いました。それに比べて、サラリーマンの親父の方はやっぱりストレスフルで、じたばたしているんですね。

そういった観察を、僕は子供のころからしていて、九十歳すぎまで開業している「自営業モデル」の方がいいなと思って、建築家という自営業になったわけです。

養老　よく似ているね、我が家と。うちのおふくろも医者で、九十四歳まで患者を診ていましたからね。親父が死んだのも結核ですし。親父のところは兄弟十人のうち六人が結核で亡くなりました。北陸の人たちでね。寒いところは冬場だと一家が屋内に閉じ込められるでしょう。開放性（結核）の患者が一人いると、全員に伝染するんです。

隈　養老先生にとってお母さまの姿は年を取っていくモデルになりましたか。

養老　それはそうですよ。年寄りが邪魔だというのは、おふくろを知っているからです。それこそ九十歳を過ぎても開業していたから、「丈夫な患者がいるもんだよ」って僕はしょっちゅう言っていましたね。真面目に考えてみてくださいよ。九十歳の医者に誰がかかるんだよ。よっぽど健康に自信がないと来ないですよ。

隈　お母さまが亡くなった時の感情というのはどんなものでしたか。

養老　まあ、九十五歳でしたから死んでもいいよな、と。感情もくそもありませんでした。

隈　思い残すこともなく。

養老　当然だよ。長生きし過ぎですよ。おふくろは九十歳の時に一度、「動けなくなった」と、自分で言いだしたんですよ。その時に一応、僕の姉と兄とで、家族会議じゃありませんが相談をしたのよ。姉貴は「ぜひ入院させろ」って言ったんですが、本人に聞くと「入院したくない」と言う。しょうがないから僕はおふくろの気持ちに寄り添って、入院させないことにしたの。まあ、九十歳で寝込んだらもう起き上がることは無理だろうなと思っていたら、冗談じゃない、一年後に立って歩いているんだよ。あれは、こっちがあんまり面倒を見ないから、倒れたふりをしやがったんだね。だまされた、って思いましたね。

それで、起き上がって歩いた時に、姉貴が何て言ったかといったら、「ほら、ご覧なさい、あの時、入院させておけば、今ごろは死んでいるのに」って（笑）。当時、院内感染がありましたからね。

隈　養老家はすごいブラック・ユーモアのご一家なんですね。

養老　いや、本当のことを言っているだけです。うちの姉貴は気性が強くて、おふくろとしょっちゅう喧嘩《けんか》をしていました。僕のうちは脇に警察があった横町にあったんだけど、おふくろと喧嘩した姉貴が、包丁を持ちながらおふくろを追い掛けて、警察の周りをぐるっとひと周りしてきたってこともあった。

隈　やっぱり激しいですね。

養老　喧嘩すると茶わんを投げて割るじゃないですか。後で姉貴が一人でぶつぶつ言っていたから何かと思ったら、「私は考えて安い茶わんを割っているのに、お母さんは高い茶わんでも見境なく割る」と怒っていました。

隈　お身内がそんな激しい女性たちだったら、養老先生の女性観もちょっと影響を受けそうですね。

養老　ちょっとどころじゃないです。僕は三十代ぐらいまで、女性が怖くてしょうがなかったですもん。触らぬ神に祟《たた》りなしってこのことだよなと実地で思っていた。

隈　今、お姉さまはご健在なんですか。

養老　健在ですよ。だいぶ穏やかになりましたけどね。

隈　男と女で生命力が違うとか。

養老　それはもう分かりきっていることで、女性の方が強いに決まっているんですよ。哺乳類《ほにゅうるい》は女性の方が平均寿命が長い。哺乳類の染色体は女性がXXで男性がXY。メスの染色体が基本で、そこから作られるのがオスなんです。そうやって無理して作られているからね、オスは弱いんです。

隈　分かる気がします。

養老　ちなみに鳥類の性別を決めるZ染色体は逆で、ZZがオスでZWがメス。おんどりを去勢してもそんなに変わらないけど、めんどりを去勢すると、とさかができて、コケコッコーって時を告げる。でも哺乳類は逆です。男が去勢すると、お乳が大きくなって、髭《ひげ》が生えなくなる。だから、どっちが元になっている染色体かというのは大きいんです。

隈　面白いですね。

養老　大動脈は本来は二本あるんだけど、発生の過程で片方は退化する。哺乳類は左大動脈だけど、爬虫類《はちゅうるい》と鳥類は右大動脈で、左右が逆になっている。そういうところが生き物の面白さです。それでワニはね、なんと両方残している。右と左両方の大動脈があるの。

隈　それはなぜなんですか。

養老　単に残ったんですね。あるからしょうがないよ、みたいな感じ。自然の世界ってそこが面白い。理屈で考えられることは、たいてい起こっていて、考えられないことまで起こっているんです。

日本で一番自殺するのは中年男性

隈　どうも、いろいろ脱線してしまいますが（笑）、また話を元に戻しましょう。日本では、四十代から六十代の男性の自殺率の増加が取りざたされています。

養老　自殺はそれぞれの国によって特徴が出ますね。自殺の原因にはまず世界的、人類的な傾向というものがあるんです。だいたい一人あたりの名目ＧＤＰ（国内総生産）の増加と比例して自殺が増える。エジプトだったら十万人あたりの自殺者はほとんどゼロですよ。自殺が増えるのは社会の価値観が変わった時ですよね。

隈　ああ。

養老　貧乏が当たり前の社会から、豊かさが当たり前の社会になる時に、質的な切り替わりが起こるんでしょう。その狭間《はざま》で何かが起こるんですね。

隈　東京〜高尾を結ぶ中央線でよく飛び込みがありますが、不思議なことに国分寺とか、あのあたりで起こることが多く、都心ではあまり飛び込まないんですね。

養老　それか総武線の千葉側ですよね。

隈　人が選ぶ死に場所に、地勢が出る。

養老　まさしく狭間ですね。

隈　日本の働き盛りの男性の自殺は一九九八年に一気に増加したということです。養老先生はどう見ていますか。

養老　日本の世間って結構うっとうしくて、そこに丸々付き合ったらたまったものじゃないですよね。でも、丸々付き合ってしまって、にっちもさっちもいかなくなるんでしょう。そういう背景があると思いますよ。

隈　不況をバックに、中小企業経営者の自殺が増えましたが、同時に定年前後の会社員も多いと言われています。サラリーマン人生って、勝ち残りの競争の中ですごくクリティカルな分岐点がいくつもあるじゃないですか。判断一つで、「ああ、俺のサラリーマン人生が終わってしまった」みたいな場面があります。あれ、みんな、よく平気だなあ、と思います。

養老　エリートの自負があればあるほど、過酷をきわめますね。

隈　定年間際《まぎわ》には、そのストレスと、自分の体力的な転換点が重なるわけだから、おかしくなってしまうのはよく分かります。

戦後の日本では、かつての血縁共同体がサラリーマン社会に置き換えられたわけじゃないですか。前世紀の日本型サラリーマン社会もここにきて変貌《へんぼう》が激しいし、それとどう付き合うかなんて人類として未体験ゾーンですよね。だから犠牲者がいろいろ出てもおかしくない。

養老　隈さんのお父さんのお話とつながりますね。隈さんは本能的にその事態を避けたわけですが。

隈　そうですね。うちの親父から教訓を得て、僕はサラリーマン人生を回避しました。

養老　でも、お父さんは定年を越えて、長生きされたわけですよね。

隈　息子である僕や、家族や猫とかにいろいろ八つ当たりしたから、長生きしたと思うんですよね。毒を周りに吐き散らかして（笑）。

養老　医学の方からいうと、中年男性の自殺は初老期うつ病ということはあると思いますね。これは今に始まったことではなく、昔からあるんですよ。

隈 それは男性特有なんですか。

養老 特有ではないけれど、女性の場合はその前段階で更年期障害がある。初老期うつ病よりも更年期障害の方が認知されているでしょう。だからその分、自覚もしやすいし、対処のしようがまだあるんだと思いますよ。初老期うつ病はそこまで認知されていないから、自分がそうなっても気が付きにくい。

隈 日本で一番死に近いのが僕と同年代のサラリーマンだというのは身につまされます。確かに僕の仕事先の会社でも、そういう例を聞きます。「え、あの、先週ご一緒した○○さんが？」と、驚くことがある。

養老 ただ、イヤなやつは死なないんだ。池井戸潤の銀行小説に出てくるような野郎どもとかはね（笑）。

隈 思い詰めてしまっている人に向けて、何かアドバイスはありますか。

養老 言ったって無駄でしょう、その年になったら。

隈 ラオスに虫捕りに行きなさい、とか。

養老 そういう忠告が効く段階じゃなくなっている。四十代後半から五十代って、もう遅いんですよ。

隈　いつだったら間に合いますか。

養老　やっぱり三十代ぐらいで考えなきゃいけないことじゃないですかね。日本の場合は、大学を出て二十二歳でしょう。そこで社会に入ったとして、二十八〜二十九歳で社会的適応がほぼ完成する。そこから十年たったら、それでもう四十歳近く。その辺で考えなきゃいけないんじゃないですか。

隈　でも、仕事に追われて一番考えない時期ですよね。

養老　そうね。でもこの後どうするんだよ、ということは四十歳あたりで一応考えていた方がいい。

隈　養老先生は考えておられましたか？

養老　まあ考えるといったって何か行動を起こすというわけでもないですけどね。僕はだいたい四十代で「五十五歳になったら職場は辞めよう」とは思っていたかな。

隈　養老先生の四十代は、高度成長の世の中でしたよね。みんなが仕事に邁進《まいしん》している時期に、辞め時を考えることができたのは、なぜだったのですか？

養老　なぜでしょうね。やっぱり仕事にあんまり本気でなかったんだろうね。そう言うとけしからんと怒られるんだけど、実はそのくらいの態度が大事なんじゃないかと思っています。トルストイが書いた『アンナ・カレーニナ』に、官僚だったアンナの兄貴の話が出てくるけど、彼は官僚の仕事が好きじゃなくて、本気でやってなかったから官僚として成功したと書いてあります。実際に官僚組織に勤めないと分からないけれど、確かにあれは本気で肩入れしちゃいけない仕事だろうな、と思いますよ。

隈　確かに東大での仕事は、官僚仕事に近い。官僚に限らず日本ではメディアをあげて「仕事しろ、仕事しろ、有能であれ、有能であれ」と、日々強迫観念を押しつけてきます。

養老　人って、あんまり働くと周りに迷惑が掛かるよ。仕事というものに対しては、適度な距離がなきゃいけない。一番いい仕事をする人って、本来は仕事に関心がない人なんです。ただし、建築家は全然違いますよ。組織の仕組みの中にいる人と、何かを作らなきゃいけない人は違います。

隈　建築家も、一個一個の建物で傑作を作ろうとすると、ストレスで破綻《はたん》すると思います。傑作って作ろうとして作れるものではなく、偶然を待つしかない。気楽な気分でいないと、精神的にまいってしまいます。

仕事に本気にならない距離感

養老　建築家も仕事では気楽でいた方がいい面がありますか。

隈　クライアントがいて、予算があって、法律があってと、とにかくいろいろな制約があるでしょう。その中で自分のビジョンを100％実現しようとしたら、破綻します。だから作品に対して、ある種、超越した無関心さはあった方がいいかもしれません。

養老　超越した無関心という境地は、分かる気がします。

隈　目の前にある一個の建物にこだわるのではなくて、何か自分は別の価値を求めているんだ、という思考法ですね。目の前のものにピントが合っていなくて、すべてを遠くに見ている感じ。解決しようと決して思わない。そういった超越性です。

一六世紀のイタリアにパッラーディオという建築家がいて、当時最高の建築家と謳《うた》われていたんです。パッラーディオは、ベネツィア貴族の別荘をビツェンツァというところにいろいろ作っているのですが、それが後のヨーロッパのあらゆる住宅建築のモデルになったと言われています。

でも、あれだけ傑作を残した建築家でも、自分は本当はこうやりたかったけど、施主の都合でできなかった、というものがほとんどなわけです。だから『建築四書』という一種の作品集を自分でまとめた時は、全部、自分がやりたかったように図面を直して載せているんです（笑）。
養老　写真がない時代だからできたんだ。
隈　二〇世紀最大の建築家といわれたル・コルビュジエはもっとひどくて、自分の作品を撮った白黒写真で、白い壁の構成がうまくなかったと思うと、周りの影にスプレーをかけて、美しくなるように修整しました。彼の作品集の写真をよく見ると、影が不自然なものが多いんです。まさしく「Photoshop《フォトショップ》」のさきがけで、写真を自分の手で全部直した。建築家って、そのぐらいのずうずうしさがないとやっていけないんです。
養老　でも、クライアントには違う言葉を言っていたはずですよね。
隈　パッラーディオの場合、設計していたのはベネツィアのお金持ちたちの農園別荘だから、お金持ちに絶大な信頼があったわけですが、たぶんクライアントには全然違うことを言っていたはずです。
養老　「半沢直樹シリーズ」の作家の池井戸潤さんって、バブルの最中から崩壊後までの時代に、銀行に勤めていた方なんですってね。だから、彼も銀行の生活を、ああやって自分なりのフォトショップで書き直したんでしょう。
隈　なるほど。

養老　銀行という組織内部のえげつない権力闘争の中で、こうあったらいいというのが「半沢直樹」ですよね。現実では絶対にあり得ない銀行内の下克上ですが、あの小説とテレビドラマがウケるということは、つまりサラリーマンの健康法なんですよ。銀行のディテールを分かった上でのファンタジーだから、みんなに効いたんですね。

隈　それは、さきほど養老先生がアンナ・カレーニナの兄のところでおっしゃったように、作者に「本気じゃない距離感」があったから描けたのでしょう。

養老　そう、距離があったわけですよ。銀行組織というあの内部にずっぽり入ってしまうと、年を取ってからもうどうしようもなくなっちゃって、小説なんて書けなくなる。

　だから、仕事に対してあんまり真剣になり過ぎないように、というのが僕のアドバイス。ほかに好きなことが何か一つでもあればいい。それがない人が、自分の仕事に真剣になっちゃう。でもしょせん仕事なんて、誰かが代われるものなんです。そういうことに真剣になりすぎるって、逆にいえば使い物にならないということですからね。気を付けた方がいいです。

隈　日本のサラリーマンは、定年を目前にして、「好きなものがない」と気が付くパターンも多いとか。

養老　ゴルフといったって、実は会社のやつとしか行っていない。しかも会計も会社持ちだったとしたら、趣味とか楽しみとかじゃなくて業務の一環だよね。

隈　五十代で気付いても、もう遅いですか。

養老　いや、そこは断言できない。そこは知りませんよ。だって今、みんな長生きになりましたからね。厚生労働省が二〇一四年に発表した二〇一三年の平均寿命は男性が八十・二一歳、女性が八十六・六一歳。男性もついに八十歳を超えました。五十歳っていったって、八十歳までなんとあと三十年もあるんだよ。

モーツァルトは、三十五年の生涯の中で六百以上も作曲したわけだし、高杉晋作だって死んだのは二十八歳ぐらい。体力の問題はおいといて、定年以後には革命の志士にもなれてしまうような時間が目の前にある時代になっちゃった。

隈　なんか、生きる意欲というより、もうどうなってもいいや、って思っちゃいますけどね(笑)。

養老　ともあれ、自殺は絶対にお勧めしません。死んでも当人は困りませんということを僕はさんざん言っていますが、周囲の人は困りますからね。自分がいなくなって悲しむ人は必ずいる。それは常に思っておいた方がいい。それと無理心中も困りますよ。

隈　殉死という概念については、いかがですか。
養老　典型は乃木大将でしょうけど、心境は理解できませんね。
隈　実は僕も分からないんです。あと、太宰治のように女性を道連れにして自殺未遂を繰り返すというのはどう思われますか。
養老　あの人はまた特別だよね。太宰は鎌倉の鶴岡八幡宮《つるがおかはちまんぐう》の裏山でも一度、首を吊《つ》っているんだよ。当然、失敗していますけど。
隈　『失楽園』を書いた渡辺淳一や、三島由紀夫じゃありませんが、心中あるいは殉死ということに、ある種あこがれるというのが日本人の中にはあるんじゃないですか。
養老　自殺にあこがれるって僕はよく分からないんだよね。
隈　僕も理解不能なんです。
養老　理屈で言えば別に本人は困らないからいいんだけど。それを生かしているのは周りの知り合い、つまり共同体ですよね。その中に悲しむ人がいるんだから、自殺はやめてほしい。
　ただ逆に言うと、共同体の関係性が薄くなってしまえば、生きる理由も薄まって、「もう死にますよ」と言いやすくなってしまう。それが今の日本の社会に起きていることだと思います。

隈　人間関係が薄くなれば、死んでも別にいいとなってしまいがちですね。

養老　俺が死んでも俺は困らないし、周りも困らないという理屈が成り立ってしまうよね。しかも現代人には、命は自分のものだという意識があるから、ますますそうなっていくでしょう。昨今の無差別殺人の動機なんかはその究極ですよね。

でも、それは本当に困る。そこについては、誤解してほしくない。日本の世間は窮屈だ、と僕はことあるごとに言っていますが、だから死んでもいいということではありません。「二人称の死」が持つ意味こそ、もう一度考えるべきだと思います。

第三章　『方丈記』から考える

鴨長明が『方丈記』を執筆してから八百年――

下鴨《しもがも》神社の境内摂社である河合神社の神官の子であった鴨長明は、その晩年、約三メートル四方の庵《いおり》「方丈」で暮らしました。

隈研吾さんが、下鴨神社の敷地内に建てた方丈の現代版を前に、養老孟司さんと語り合います。

プラスチックと磁石で作った仮の住まい

隈　世界遺産に登録されている京都の下鴨神社は、言うまでもなく鴨長明ゆかりの、由緒《ゆいしょ》ある神社です。神社の敷地内には、長明が住まいにしたという「方丈」も再現されています。二〇一二年は『方丈記』が完成して八百年の節目であり、それを記念して僕が現代版の「方丈」を試しに作ってみたのがこの建物です。
養老　隈さんの「方丈」の縁側にあたるのかな、ちょっと変わった縁に腰掛けてお話

隈研吾さんが設計した現代版「方丈」（上）と、下鴨神社の境内にある再現された鴨長明の方丈

をさせていただいています。

隈　簡単にご説明しますと、僕が作った方丈は、ＥＴＦＥという特別な透明の膜を木の棒で挟んで、磁石で固定したものなんです。

養老　ＥＴＦＥってプラスチックですか。

隈　プラスチックの一種です。これは特別に丈夫なプラスチックで、ヨーロッパの新しい駅舎では天井などに使われています。ＥＴＦＥをダブルで使って間に空気層を挟むと、ガラスよりも熱性能がいいんですね。

養老　木の棒というのは？

隈　この木の棒は、材料として北山杉を提供していただきました。わずか約三センチ×二センチの断面の棒なんです。建築で使う木の柱はもっと太いでしょう。それに比べるとマッチ棒に近いぐらいのサイズですね。

養老　へえ。

隈　木の棒はそれぞれ短いのですが、磁石で取り付けることでＥＴＦＥと一体化して強くなる。材料そのものは巻物みたいにして運ぶことができるのですが、それを建物にする時は、ぱたぱたぱたっと広げて磁石で取り付けるという仕組みです。

養老　自分で持ち運べるんだ。本当に仮の住まいですね。

隈　仮の住まいを僕なりに解釈したというのがこれです。現代だとそれを「仮設」と言ったりしてちょっとみじめな言葉にしてしまうのですが、実は最先端の技術があるからこそできる仮設なんです。

養老　これは磁石が強くないとだめでしょう。

隈　そうなんです。ただ、今は、小さくてもすごく強力な磁石の技術があるので、透明な壁がちゃんと組み立てられるんですよ。

養老　中はどのくらいの広さなんですか？

隈　広さはまさしく方丈でして、だいたい三メートル四方。鴨長明の方丈も三メートル四方のものですが、自分でそのスケール感を実際に体験してみると、「あ、方丈って、暮らすには、なかなか大変かな」と思いました（笑）。

養老　いつも思うんですけど、隈さんは材料に凝りますよね。

隈　人間の気持ちって、材料でものすごく変わります。それを知ってから、すごくこだわるようになりました。今回使った北山杉は、木の匂《にお》いがわりとしっかりするんですよね。ＥＴＦＥみたいな現代的なプラスチックを使っても、この北山杉があるおかげで匂いが感じられる。これだったらプラスチックであるにもかかわらず、人間の家になるかな、人が住めるかな、と思いました。匂いの力に期待してこうなったわけです。

養老　隈さんが今まで作った中で一番小さい建築はこれですか。

隈　ひょっとしたらこれかもしれないですね。今まで、ポータブルなものも含めて、茶室はいくつか作りました。この方丈は、自分で畳んで持って歩くことができます。昔、畳んだむしろを持ち歩いて暮らしていた人たちがいたじゃないですか。これも、ああいう風に自分で全部畳んで運べるというところが面白いところなんです。

養老　アフリカで見たことがありますけど、トゥルカナ族というのがヤシの葉っぱだけで家を作るんですよ。丸い家なんですけどね。ヤシの葉っぱの長いのを縦糸と横糸にして、波状に編み上げて。女性だけで二〜三時間で一軒作っていましたね。

隈　それはアフリカのどの辺ですか。

養老　トゥルカナというのはケニアの北の方です。人類化石が出るところなんですよ。

隈　そこでは家を「編んで」作るんですか。

養老　そうです。中に入ると、横に通っている葉っぱがありますから、鍋釜《なべかま》のたぐいはそこへ引っ掛けておくんですね。それが棚の代わり。

隈　すごい生活をしていますね。その家って、洋服に近いですよね。洋服に近い建築を建てたい、というのは僕にとってずっと夢なのですが、実際に洋服に近い家に住んでいる人たちがいるんだ。

養老　慣れたもんだよね、あれは。たったたったたと編んでいましたよ。それを見ながら、こういう暮らしもできるのかと僕も思って、それこそ鴨長明を思い出しました。しかも、女たちが家を作っている場所は、ものすごく風の強いところなんですよ。

隈　その家は風で飛ばないいんですか。

養老　飛ぶかと思いきや、これが飛ばないいんですよ。丸く作っているのは風の抵抗を逃すためじゃないかと思います。だって、動物でも何でも、風に飛ばされて転がってくる土地なんですから。

隈　家だって、飛ばされてもまた拾ってきて作ればいいという感じなんでしょうね。

養老　丸い家って世の中にあまりないでしょう。

隈　丸い家は難しいです。近代は丸を苦手にしています。

マケドニアにある「タンゲケンゾウ」という名のバー

養老　そもそも鴨長明の庵って、どういう形だったんでしょうかね。

隈　下鴨神社の敷地に再現されています。ただ、今、再現されているものは、ものすごくきれいに作られていて、方丈というより、ほとんどすてきな高級数寄屋《すきや》になっています。実際はもう少し簡単な、小屋っぽい感じだったんだろうなとは思うんですけどね。

養老　以前も話したけど、若い世代のちょっと変わった建築家で坂口恭平さんという人がいますよね。3・11の原発事故の後に、故郷の熊本に帰って「独立国家」を作った人。彼は大学の卒論で路上生活者の家、つまり段ボールハウスのことを研究していて、「あんなに暖かくて合理的なものはない」と言っています。坂口さんは、「鴨長明の庵は実は段ボールハウスだった」という意見も書いています。

隈　坂口さんが熊本に作った「独立国家」はベニヤ板の車輪付きモバイルハウスだと聞いていますが。

養老　彼の書いた『ゼロから始める都市型狩猟採集生活』を読むと、自分のことを「ホームレス」ではなくて、「都市型狩猟採集民」と規定している。その都市型狩猟採集民の視点で見ると、都会は獲物の宝庫だということになる。

坂口さんはまだ若いけど、年を取った男はやっぱり居所を定めないで、あちこちをうろうろしながら暮らすのが伝統なんじゃないですかね。晩年の芭蕉、西行、そして鴨長明と、みんな、やむを得ずそうしていたかといえば、どうもそうじゃないと思うんですよ。僕なんかも、うろうろしていて家にいる時間が少ないけど、隈さんだってそうじゃないですか。

隈　僕も家にいる時間がほとんどなくなりつつありますね。

養老　ちなみに昨日はどこにいたんですか。

隈　マケドニアと、その前日がアルバニアです。それらの国がどこにあるかなんて知らない人がほとんどだと思います。実際、僕も行くまで、まったく知らなかったんですが、バルカン半島にあります。

養老　日本人には、あんまり縁のないところですよね。マケドニアといって思い浮かぶのは、紀元前のアレクサンダー大王ですからね。それ以降の知識は吹っ飛んじゃっていますね。

隈　アルバニアで講演会をやった後に、マケドニアに移動してまた講演会をしたのですが、両国間は飛行機で飛ぶには近すぎる距離なので、関係者が車で連れていってくれたんです。アルバニア、コソボ、マケドニアという三国間の国境を二つ越えて、車で五時間。あそこは現在、紛争地帯でしょう。国境のチェックがものすごく厳しくて。そんな体験をして今朝、マケドニアから関西空港に着いて、京都に来ました。

養老　関空からその足でいらしたんですか。

隈　いえ、奈良と大阪で仕事をしてから京都に入りました。

養老　相変わらず、エラい忙しさですね。

隈　マケドニアやアルバニアは、紛争で国土が破壊されたじゃないですか。いったんとんでもない状態になったところから、さあ国を立ち上げようということで、今、意欲に燃えているんです。それこそ仮の庵でも、仮設でも、何でもいいから建築を作っていくぞという感じでしたよ。

養老　なぜ日本人の隈さんが呼ばれたんですか。

隈　マケドニアでびっくりしたことがあるんですよ。マケドニアでは一九六三年に大地震があって、千人を超える人が亡《な》くなっているんです。その地震の復興の時に国際コンペで日本の丹下健三さんが当選するんです。どうしてかというと広島に原爆が落とされた後、広島の平和記念公園を作ったのが丹下さんで、要するにケンゾウ・タンゲとは復興のチャンピオンであるということで。

日本は地震が多いという共通点もあったとは思いますが、とにかくマケドニアの人はいまだに丹下さんのことをすごく尊敬しているんです。それで、街の大きな構造も、駅も、丹下さんのマスタープラン通りにできている。その駅の下に何があったと思います？

養老　何ですか。

隈　「タンゲケンゾウ」という名前のバーがあったんですよ。そこの扉には丹下さんの似顔絵が描かれているんです。それが駅の地下のバーなんですよね。こんな風に日本に親しんでくれている国が世界の、それも紛争地帯にあるということに、僕は感激して帰ってきました。

養老　建築家冥利《みょうり》につきますな。

隈　その二週間前にはクロアチアに行っていたのですが、何で呼ばれたかというと、要はあの辺の国々がこれからEUに加盟していくことになる。その動きの中で、どの国が一番先にEUに入れるかを競争しているんです。EUに入るには街並みや建築を整備していかなきゃいけない。それで国が建築関係のイベントをたくさん開催して、僕なんかが呼ばれる。あの辺りの国は、西ヨーロッパに対しては、過去にいろいろあって複雑な思いがあるわけです。かといってアメリカに頼りたくもない。自分たちのパートナーとしては、日本あたりがちょうどいいという距離感なんですよね。

そういう背景が、そろそろと見えてきたところです。

養老　その辺は、日本にいるとなかなか分からないね。

隈　日本にいると、まさかバルカン辺りの国々が日本にそんな親近感を持っているなんて、夢にも思わないですよね。
養老　そうすると隈さんの「方丈」が、あっちの家のこれからの標準になったりしてね（笑）。で、丹下健三さんっていうと、僕なんかはメタボリズム建築というのを思い出しますね。隈さんに教えてもらったんですが。
隈　そうそう、それはまさしく鴨長明に絡《から》んでくる話なんです。日本の建築界では一九六〇年代に「メタボリズム運動」というムーブメントがありました。メタボリズムというのは、お腹《なか》が出ているメタボではなくて、生物の新陳代謝を意味する言葉です。
　これからの建築は、西洋の石造り建築みたいに、完成した後に古びていくだけではなくて、水の流れのようにどんどん新陳代謝していかなければならない、というのがメタボリズム運動の思想でした。中心になったのは丹下さんの弟子の黒川紀章さんでしたが、丹下さんも結構それに影響されていました。
　この運動は日本人が思っている以上に西洋で高く評価されたんですよ。日本の建築家が一挙に世界的に有名になったのは、まさしくメタボリズムのおかげなんです。あの運動なんかは、養老先生のご専門である医学的な見地からすると、どのように解釈できますか。
養老　いや、僕なんかはそこは門外漢だから。理屈として言えばという前提ですけど、生物学者の福岡伸一さんが「動的平衡」という言葉で表しているのもそういうことじゃないですかね。自分という人間は過去からずっと同じだと思っているでしょうけれども、冗談じゃない、十年たったら、もう細胞は相当数が入れ替わっちゃう。表面の形は一応、残っていますから、本人は昔の自分が今もいるつもりですが、それは「つもり」であるだけ。例えば顔に油性ペンで絵なんか描いたって、二〜三日したら消えちゃうでしょう。

隈　どんどん細胞が入れ替わっているんですね。

養老　建築では戦後、東京駅の工事は止まったことがないと、JRの人に聞いたことがあります。あの駅は、常にどこかで工事をしているんだ。ということはつまり、それは生き物だということですよね。

隈　まさしくそうですね。

養老　今の人は、そういう意識が希薄なんだろうな、と僕は思っているんですけどね。それが一番よく出ているのは、自分はずっと自分であり続けていると思い込むこと。でも、昔の日本人は、それこそ時間の流れをよく知っていた。鴨川はいつもそこにあるけど、水は常に入れ替わっている。だいたい、見た瞬間に、もう次に入れ替わっているんですから。人もそうですよ、ということを、鴨長明は『方丈記』の冒頭で書きましたよね。ほぼ同じ時代に『平家物語』がやっぱりまったく同じことを言っていてね。「祇園精舎《ぎおんしょうじゃ》の鐘の声、諸行無常の響きあり」と。

隈　ええ。

養老　ただ、現代、特に西洋の考え方が日本で広まってからは、「自己というものは永続している」という考え方が世間でも常識になってくる。たぶん明治以降からそうなっていったと思いますが、そういう考え方の変化になかなか折り合いがつかなくて、胃潰瘍《いかいよう》になったのが夏目漱石じゃないかな、と僕は思っているんですけどね。

隈　なるほど。

養老　自分はどんどん変わっていく。変わるのは当たり前で、変わっていいんだよ、という思想は、長明の「ゆく河の流れ」にも出ている気がするんですね。隈さんも僕もいつも同じ人としてあるみたいに思えるけど、十年たったら物質として入れ替わっているわけです。今、僕の目の前にいる隈の、どこが昔の隈なんだ、という話ですよね。

隈　日本は災害が常に起こっているから、そういう変化により敏感だったんじゃないでしょうか。

養老　それはあると思いますね。とにかく人に与える自然の影響って強いものがありますので。丸山眞男が「歴史意識の『古層』」(『忠誠と反逆―転形期日本の精神史的位相』ちくま学芸文庫に所収)の中で、『古事記』と『日本書紀』で一番多く使われている言葉というのを探したんですよ。

そうすると、それは「なる」だったんですね。「なる」ということは、草木が生い茂ること、季節も含めてどんどん変わっちゃうという意味です。しかも地震でしょう、津波でしょう、台風でしょう。どんどん変わっていくということを、昔の人は常識にしていたんじゃないかな。

隈 その「変わっていくこと」は、今、我々が生きている世界だってそうですよね。

江戸時代に脳化社会が始まった

養老 鴨長明の生きた時代って、僕は一番関心がありますね。歴史学者は中世と呼びますが、ああいう時代ってあんまりないんですよ。

長明は平安時代の末期に生まれて、鎌倉時代の初めに六十歳あまりで亡くなっていますが、鎌倉の前の源平の時代を通って、室町時代そして戦国時代までが、言ってみれば乱世の時代ですね。乱世とは「身体の時代」だと僕は言っています。それが過去の日本のどこにつながるかというと、弥生じゃなくてたぶん縄文時代につながる。
隈　養老先生のおっしゃる縄文性とは、どの辺りなんですか。
養老　それは、もののとらえ方ですね。平安時代の中期、つまり世の中がそこそこ安定して、都というものができた時の、その「都会」とは、隈さんみたいな人たちが頭で考えて作るものです。だから、人々の動き方もやっぱり頭が中心になっているんですけど、鴨長明の時代は身体が中心になっている。乱世ってそういうことなんですよ。
隈　人間、生命にかかわると必死になります。乱世って、必死になるという感じがあります。
養老　そう、とにかく体を使って何とかしないといかん。しかも石油もなければ石炭もないわけだから。煮炊《にた》きするにも薪《まき》が必要という時代です。その意味では素朴な時代ですね。
　そこで思うのは、英語では「死体」のことを「ボディ」と言いますよね。つまり「体」の前にわざわざ「死」をもってこない。「デッド・ボディ」じゃなくて「ボディ」がそのまま死体を表す。
隈　少年たちが鉄道線路の奥にあるとウワサされる死体を見つけにいく『スタンド・バイ・ミー』という映画はスティーヴン・キングの原作ですが、原作の小説のタイトルは『THE BODY』といって「死体」そのものだそうですね。

養老 英語の授業では習わないでしょう。でも、「ボディ」が死んでいるものを指すというのは、江戸時代以前の日本でも同じだった。それがグローバルスタンダードだったんです。なぜ分かるかというと、「体」の語源は「空」だから。辞書にそう載っています。

隈 そうなんですか。

養老 空だから「カラダ」なんですよ。それを「身体」と書くようにしたのは江戸時代から。つまり「空」のものに身が付いちゃった。さらに引っ繰り返ったのが「心身」という言葉です。道元の時代には「身心」って、「身」が先に来たのですが、今はパソコンで入力して文字変換しても、「心」が先に来ますよ。

隈 脳化社会に移行したんですね。

養老 その通りです。そういう風に体の概念が引っ繰り返ったのが江戸時代なんです。江戸時代には世の中が一応落ち着いて、暇になったから、「個」の何とかみたいなものも発生して、「精神一到何事か成らざらん」、何事も心掛け次第という題目が出てきた。「武士は食わねど高楊枝《たかようじ》」なんてことも言われましたが、冗談じゃない、飯を食わなきゃ戦争なんかできないよ(笑)。

隈　平和になって体がないがしろにされ始めた。

養老　でも中世はまったく逆ですからね。「腹が減っては戦はできぬ」だから。

隈　なるほど。その「武士は食わねど高楊枝」が本当に太平洋戦争ぐらいまで受け継がれちゃったんですね。

養老　まさしくその通りなんですよ。一番ひどかったのは日本陸軍でしょうね。戦死者の七割が餓死と言いますから。

隈　戦闘死じゃないんですか。

養老　軍と言いながらあるまじき実態でしょう。また、ちょっと話が飛ぶけど、日本は厳密な意味で戦争をしてないんですよ。他人の土地とか熱帯とかに行って、勝手に餓死している。すごく無駄なことをやっているんです。

隈　日本企業っぽいな。

養老　ソニーはアップルと戦わないまま凋落《ちょうらく》していったでしょう。どうしてかというと、日本人って命題に対して、常に直角でとらえるからなんですよ。直角って意味、分かります？　百八十度で向き合うと、これは対立になるんです。でも直角、つまり九十度で向き合っても対立構造にならない。ただ、視点がずれていくだけ。
例えば御嶽山《おんたけ》で噴火があった。そういう時に、危ないから山に登ることを規制しましょうと言い出すのは、典型的な九十度の議論ですよ。そんなことを言い出したら、家から一歩も外に出られなくなってしまうよ。プーチンが言ってくるでしょう。「日本人は何で、あんなしわしわの、火山しかない国に住んでいるんですか」って。うるせえ、ほかに住むところがないんだよ、しょうがねえじゃん、という話でね（笑）。

隈　じゃあ、あなたたちは、何でそんなに寒いところに住んで、酔っぱらってばっかりいるんですか、と（笑）。

養老　それだってロシア人にとっては、しょうがないことだもんね。こっちだって、火山なんだから、時々、噴火するよ。だから俺たちは温泉に入れるわけだし。

隈　日本人の死生観に見事につながりましたね。

養老　だから、諦念《ていねん》を持つことですよね。諦念は人が生き延びる知恵ですね。あと、人が死を怖がるのは、その過程で痛かったりつらかったりするからなんだろうけど、それは日本の医療が悪いんですよ。麻薬の医療使用が世界で一番少ないのが日本なんだから。

隈　モルヒネとかを使えば、結構、楽に死に臨めるとか。

養老　そうですよ。だから末期癌《がん》なんかはヤク中にしてしまってもいいんです。僕が最近、ちょっと疑っているのは、危険ドラッグを使うやつって、たばこを吸っていないんじゃないかということなんです。

隈　結構あぶない論ですが、もしかすると……。

養老　たばこと危険ドラッグは代替関係にあって、もしかしてたばこを吸っていれば、昨今騒がれているような危険な事件にまでは発展しないんじゃないか、と思うところがあります。だってカッカとした時に、たばこを一服すると、「まあ、いいか」みたいに落ち着きますから。

隈　うーん。

養老　ヒトラーとムッソリーニは、たばこを吸わなかったんですよ。反対に、ルーズベルトもチャーチルも、ご存じのようにぷかぷか吸っていたよね。人を捕まえて、「俺の言う通りにしろ」というのがたばこを吸わない人。

隈　僕は吸わないので、何とも言えませんが（笑）。

養老　禁煙運動の困るところはそれなんです。禁煙運動を一所懸命する人は、最初から吸わない人ではなくて、やめた人なんですよ。政治的な転向者だって、元の相手に対する憎しみが強くなるでしょう。ナベツネが反共なのは、元ばりばりの共産党員だったからこそなんですよ。

隈　ナベツネさんは、たばこを吸われるのでしょうかね。

養老　分からないけど、それが分かったら面白いよね。池田清彦くんも禁煙したでしょう。言うことが極端なのは、そのせいだと思うんだよね（笑）。

「ともあろうものが」という言葉

養老　話を戻すと、「乱世」という言葉自体は、平和な時代の人が見て、言っているだけのことだから、乱世に暮らしている人はそれが乱世だとは実は思っていない。

隈　ただ、自明のものとして。

養老　戦国時代に「下克上」なんていう言葉ができてから、戦国という意識も武士の当たり前になっていくんです。

で、そういう時代に何が考え方の中心になるかというと、まさに「ゆく河の流れは絶えずして、しかももとの水にあらず」でね。今、若い人がすぐ会社を辞めちゃうなんて年寄りがボヤいていますが、そんなところにも案外こういう考え方が通じているんじゃないかな。

隈　平成といいながら、結構、乱世的になってきているんですかね。

養老　まあ、若い人がすぐ会社を辞めるのは、逆に「自分はこうあるべき」と、自己を固定しちゃっているから、ということも考えられますよね。自分で勝手に設定した自己像に、少しでも仕事が合わないとなったら辞めるとか。

隈　乱世的な元気の表れで辞めるんだったら応援のしがいもあるけれど、平安貴族みたいに順応できなくなって辞めていくとしたら、ちょっとまずいんじゃないかとは思いますけど。

養老　「仕事が僕には合わない」なんて思っちゃうのか、それとも自分が成長して考え方が変わってきて、「あ、これはやめた」と、別のところに行くのか。後者ならむしろ結構なことだけどね。

隈　一昔前みたいに、野心を持って企業社会の上に上っていくということが、それほど価値のあることと見なされなくなった今、自分自身の快適さや必要性を充足させれば十分という考え方は、若い層にかなり出てきていますよね。

養老　要するに世間の言う常識とか価値とかは、あまり気にしない。今はそういう生き方が完遂できる時代にはなっていると思います。その思想を非常によく表しているのが、『方丈記』の「ゆく河の流れは絶えずして」で、しょせん現世は仮の姿なんだから、という思想に通ずるものがある。

隈　養老先生にも通じますか。

養老　僕も東大に勤めていましたから、分かる気がしますよ。ほら、勤めていた人が会社を辞めた時に、「肩の荷が下りた」と言いますよね。でも、それでいう「肩の荷」はまだ意識できているんですよ。実はそこには、意識してない肩の重荷もあるんです。僕は辞めた途端にそれが消えて、本当に世界が明るくなりました。これは経験しないと分からない。本当に外が明るいんですよ。

隈　そうだったんですか（笑）。

養老　僕なんか勤め先が企業ではなく大学でしたから、実業の世界の人にしたら楽でいい加減なものに思えるでしょう。いくらサボったって別にクビになるわけじゃないし。そのくらいのところなのに、やっぱり辞めてみると、自分にかぶさっていた重荷がひしと分かる。

隈　僕も分かります。

養老　日本の世間って、本当に無意識に圧力をかけてくるんですよ。

隈　日本の社会の圧力のかけ方は、確かに半端《はんぱ》じゃありません。独特です。

養老　それを感じない人は全然いいんですけど、感じる人はね、かなりつらい。あともう一つ、日本人は「ともあろうものが」という言葉をよく使うんですよ。

隈　「ともあろうものが」……（笑）。

養老　この言葉がかかるところに勤めていたらね、要注意ですよ。

隈　「医者ともあろうものが」とか、「朝日新聞ともあろうものが」「日経新聞ともあろうものが」とか、よく言われますよね。

養老　そうです。これは世間のある種の期待というか、暗黙の前提でね。世間がそうやって押し付けてくる標準に人は無意識に従っている。それに対して個人が「そうじゃない」って訂正しようとすると、世間を訂正することになるから、すごく負担なんです。

無意識に苦労したくなかったら、日本では本当のことを言ってはいけない。本当のことを言う場面は避けるに越したことがない。だから、あともう一回、僕が楽になるとしたら、死んだ時だと思いますね。死んだら楽になるだろうな。

隈　明るくなりますか（笑）。

養老　世間から完全に抜けられるということですからね。仕事で世界中を回っている隈さんは、仕事が済んだらそれっきり、という面があるでしょうけれども。ただ、日本で仕事をやると大変だろうなと推察します。

隈　日本のクライアントって、日本語が通じるけれども一番面倒くさいですね。日本語が通じるからいけないのかなと逆に思います（笑）。向こうのクライアントを相手にする時は、都合の悪いことがあっても「言葉が下手だからだろう」ということでお互い自分の都合がいいように解釈して、結構うまく話が通ってしまうことがあったりして。言葉が100%は通じないって、わりといいことですよ。

養老 そこから先は身体性での会話になりますからね。

隈 まさしくそうです。向こうのクライアントとは最初にお酒を飲んで、こいつとは仲良くできそうだな、といった具合に信頼関係ができれば、プロジェクトの間は我慢できるというか、一種のゲームとしてエンジョイできる感覚があります。「設計と工事中の三年間だけは仲良くやろうぜ」という気持ちが確認できさえすれば、その三年間を楽しくやっていけるんですね。

でも、日本のクライアントとは、その三年間につらいことが多いんですよ。お互いに山あり、谷ありで、ねちねちした恋愛みたいに疑心暗鬼になったり、また仲直りしたりと、めちゃくちゃ厳しいし、その後も遠くに行っちゃうわけじゃなくて、近くにいるし（笑）。

養老 それね、まったく同じことをイギリス人が言っていましたよ。

隈 イギリス人も日本でうまくエンジョイできないんですか。

養老 そう。だから、それはたぶん日本の特性なんですよ。

隈　日本人はこの圧力を普通だと思って生きていますが、そこから抜けてみると、圧力のつらさというのが本当に分かります。

養老　京都なんかはそれが一番強いところだと思ったんですけどね。でも、京都の人に聞いてみるとそうでもないんですって。そこは長い歴史があるから、逆に上手な力の抜き方も会得《えとく》しているみたいなんですよね。

日本人は〝建築ドリーム民族〟

隈　京都の話から飛びますが、今「シェアハウス」という居住のスタイルがありますよね。一軒の家に人々が集まって暮らす方式。一人ひとりの居室は小さいものなんですが、居間とかキッチンとか共用の部分はそこそこ広くて気持ちいい。そのシェアハウスに集まるのって、だいたい若い単身者なんですね。

僕は最初、そういう住み方はうっとうしくないのかな、と思ったんですけど、若い人たちにとっては、意外にそうでもないらしいんです。家の中がぐちゃぐちゃになっちゃうかと思いきや、みんなで掃除をして、小ぎれいに住んでいる。今、世界のいわゆる先進国では、シェアハウスがブームになっているんですが、その動きがとりわけ活発なのが日本なんです。

養老 そうですか。

隈 その点、中国人なんかは正反対で、彼らの間には「絶対に巨大な家に住みたい」という願望が今でも強い。彼らは「インテリアも自分の好きなように豪勢にしたい」という感じなんですが、日本人はシェアハウスで内装にもお金を掛けないで、最小限の工夫で暮らしを楽しむ方向に向かっている。

彼らが住んでいる部屋は、一個一個見ればまさしく「方丈」というか最小限のユニットです。これも日本が所得格差の拡大などで、乱世的な世の中になっていることの表れかな、という感じがしますね。

養老 日本人は中国人みたいに大きな家を欲しがらないかもしれませんが、「家だけは好きにしたい」という願望もあるんじゃないですかね。つまり、さっき僕が言った「世間の無意識の規制」が強いだけに、「ここだけは勝手にさせてくれ」みたいな気持ちが自分の家に対して反動的に強くなる。

だって日本の新しい住宅街の光景を見ると、様式の統一も何もあったもんじゃなくて、めちゃくちゃでしょう。家の形から色から何から何まで、それぞれが小さな敷地に好き勝手に建てていて、隣の家との調和なんていう発想はかけらもない。

隈　「センスがいいわけじゃない」というところには、確かに大きな問題があります。ただ、デザインのよしあしは別にして、デザインの中に哲学が宿るみたいに思っているところが日本人にはあります。僕の実感からすると、それは世界の中で案外と少数派です。日本人は「建築ドリーマー」が多い。

養老　デザイン＝哲学と思っている民族って意外に少ないもんですか。

隈　例外的に感じるのはロシア人でしょうか。赤の広場にある色とりどりのアイスクリームみたいな教会を見ると分かりますが、ロシア人は建築にすごいドリームを持っていますよね。で、日本人もやっぱり建築ドリーム民族。

養老　日本人が形から入るということはありますかね。

隈　言葉よりもまず形を通じて考えるという特性が日本人にはあるように思えます。僕たちの脳の構造が、形を通じて何かを考えることに向いているんじゃないでしょうか。

養老　ああ、確かにそういう癖はありますよ。だって日本語って視覚中心の言語ですからね。だから教育もやけに書き方中心で整っているでしょう。対してヨーロッパの民族は、二千年前のプラトンのころから、金を取って弁論術を教えてきたわけですからね。

隈　まさしくそうですね。

養老　日本人はまず読み書きができないとだめだ、という考えで、弁論を教えるんだったら、その前に書き方を教える、という風になるんですね。これは日本の特徴だと思います。

隈　建築をやっていても、日本では普通のクライアント、つまり素人《しろうと》さんがやたらに建築の哲学を語るということはあります。建築の中にそんなに哲学を込めなくたっていいだろうと、こっちが思いたくなっちゃうほどですが、そういうのは日本人が特にすごい。

養老　何なんだろうね、その特性というのは。

隈　その意味で言えば、鴨長明の『方丈記』も一種の建築哲学書みたいなものですよね。

養老　そうですね。『方丈記』は短い書物なんですよね。原稿用紙でも確か二十四〜二十五枚くらい。一日では書けませんけど二〜三日あったら書けるぐらいの量。ところが、それほど短いのに、とんでもなく面白い。僕は読み直して本当にびっくりしました。

ただ日本の人は、ああいう短い書物を思想だと思わないんですね。思想って『マルクス＝エンゲルス全集』みたいに何十冊もあるべしという観念がある。原稿用紙でたった二十五枚なんてものは思想じゃないよ、俳句じゃないかと言われてしまうんだけど。でも、あれは僕に言わせれば立派な思想です。

隈　鴨長明の思想は、ちょうど乱世の始まりに出てくるところが興味深いところですね。彼が『方丈記』に書いた思想が、次に足利義政の後継争いの「応仁の乱」以降に哲学から美学に進化していく。そこから茶道も活《い》け花も数寄屋建築も確立されていくわけですが、そうやって見ると『方丈記』は日本文化の『コーラン』みたいなもので、原典的な役割を果たしているんですね。

養老　ヨーロッパに『方丈記』的な思想が出てくるのは、まさに「動的平衡」という言葉が登場してからですよ。「世界は極小の粒子がランダムに連動して、それが法則的に固まったものだ」ということはローマ時代に考えていた人がいたんですが、それを「動的平衡」の概念で表現するまでには長い時間がかかっている。

「ある一定の形を作っているものは、常に粒子が入れ替わっている。入れ替わっているのに、いつ見てもそれは同じである」という動的平衡の理屈は、普通は考え付きにくいですよね。僕は動的平衡について本で解説したことがありますが、読む人が本当に分かってくれるのかな、と悩みましたから（笑）。

隈　動的平衡の概念をヨーロッパ人が科学的知見だけで導き出したのか。あるいは、ヨーロッパにも訪れつつある乱世的なものがそれを生み出したのか、その辺りは興味深いものがあります。ある意味、鴨長明のように世の中をあきらめざるを得ないような何かがヨーロッパでも生まれつつあったのかな、と。

養老　鴨長明が表した「移り変わり」という概念は、非常に日本的でもあるし、さらにいうと仏教的なんですね。その辺は仏教の影響は大きいかもしれないですね。

隈　ヨーロッパも現代は通貨危機とかで大変で、長く続いてきたヨーロッパ社会の絶対性というものが圧倒的に失われてきているでしょう。いろいろな地域で仕事をしていても、中国人だけが自信を持っていて、ヨーロッパの人間はやっぱり自信を失っている感じがあります。

養老　かつて絶対的に強かったものが自信をなくすということは、いいことだと思いますよ。ヤケになられては困るけど。

隈　『方丈記』は今の日本の姿にも重なります。

養老　まったくその通り。長明が遭遇した大火、竜巻、飢饉《ききん》、地震といった災害が、八百年後の日本の今にも通じる。僕にとっては、京都の大火は三月一〇日の東京大空襲の風景と重なりますし、あと、飢饉で大勢が死んだことなんかは、戦後の食糧危機の記憶と重なる。

隈　僕たちは、阪神淡路大震災と東日本大震災も経験しました。

養老　だから、どの世にだって絶対的なものはないんです。ただ我々が今、生きている中であんまり無常観にとらわれても、先に進めなくなるでしょう。隈さんとたびたびお話ししている「だましだまし」で、生き延びていくしかないんですよ。

京都・下鴨神社の御手洗池のほとりにて（2012 年 10 月 15 日）

第四章　時間を超越する歌舞伎座《かぶきざ》

二〇一三年に新規開場した東京の歌舞伎座《かぶきざ》。
建物としては明治期の初代からかぞえて五代目になります。
その設計を担当した建築家の隈研吾さんが、
養老孟司さんをみずから新しい歌舞伎座に案内しました。

高層ビルとセットになった新しい歌舞伎座

隈 二〇一三年の四月二日に新規開場した歌舞伎座は、建物として五代目、つまり第五期になります。建物の変遷《へんせん》については後ほどお話しするとして、まずはこの第五期の歌舞伎座を養老先生にご説明していきましょう。

養老 新しい歌舞伎座は「新しくなった」という感じがしないですね。もちろん工事期間はあったけど、フタを開けてみたら、もとからこのままあったような印象を受けます。

新しくなった歌舞伎座。後ろには高層ビルがあるが、調和がとれほとんど気にならない

隈　まさしく、そこが僕の目指したところだったんです。

養老　伝統的な建築が建て替えられる時って、違和感がぬぐえないでしょう。でも、今回はその違和感が希薄ですね。

隈　先代となる第四期の建物は、昭和二五年にでき、二六年に開場したものでした。今回、クライアントの松竹の要望は、その第四期を基本的に再生させて、その後ろに超高層ビルを建てるというものでした。伝統の歌舞伎座に現代の超高層を組み合わせるという点は、みなさんが一番、違和感を覚えるところだと思います。その違和感を消すために、超高層ビルをどこまで後ろに引っ込めることができるかが一つの勝負どころでした。実際に竣工《しゅんこう》してみたら、みなさんに「高層ビルがほとんど気にならない」と言っていただき、ほっとしています。

養老　建物の前に立つと、当然のことながら後ろの超高層は見えなくなりますよね。

隈　後ろにある超高層ビルは、歌舞伎座に向いている面を白い格子《こうし》の表情にしました。建築の専門用語で言うと「捻子《ねりこ》連子《れんじ》格子《ごうし》」というパターンなのですが、その格子を採用することで、オフィスから残業時の光が漏れてこないようになっています。超高層ビルは現代的な表情ですけど、白くてちょっとひねった捻子連子のパターンで、歌舞伎座との調和も図れたのではないかと思っています。

養老　歌舞伎座の前に立つと壁に目がいきますね。この外壁の白がいいなと思って。ありがちなピカピカ感がなくて、すっと街に馴染《なじ》んでいる。

隈　この白は特別な白なんです。昔ながらの塗装を再現したのではなく、珪素《けいそ》の粉を、粉体塗装という技術で吹き付けたもので、その技術によって、とても深みのある優しい白が実現できました。この塗装は雨が当たると自浄作用でみずからきれいになるんですよ。

養老　病院の壁もこういう風にするべきですな。昭和時代に建てられた病院特有の真っ白な壁って、病気が悪くなるんだよね。

隈　あの白は体に悪い（笑）。日本の病院だけですよね。あんなに冷たい不健康な白を塗っていたのは。

養老　あの白さは「清潔にしなきゃいけない」という強迫観念みたいなもので作られていたんじゃないかと思うけどね。

隈　今、壁についてお話ししましたが、第五期の歌舞伎座は第四期の歌舞伎座を踏襲しているようで、実は格段と仕様が上がったバージョンなんです。壁の装飾になっている彫り物にしても、コンクリート造りだった第四期は深く彫れなかったのですが、今回は全部、彫りを深くして、前よりも陰影が濃くなりました。

第四期は昭和二五年の建設だったので、基本的には現場打ちコンクリート、つまり型枠にコンクリートを流し込んで作ったんです。でも第五期は、鉄骨に部材を乾式ジョイントで留めるという方法を採用しました。乾式ジョイントという方法は、よそで作ってきた部材を現場で組み立てるもので、昔の木造に近いのですが、それを鉄骨でやるというのがやはり現代技術の粋なんです。コンクリートの時代を超える新しい歌舞伎座だと僕は自分で言っています。

養老　隈さんは建築家としては珍しく一体成型のコンクリートのもろさを指摘し続けていますが、この歌舞伎座は同じコンクリートでも一体成型の製法ではないんですね。

隈　ぱっと見ただけでは分からないかもしれませんが、新しい歌舞伎座は脱コンクリート建築です（笑）。

養老　一体成型じゃないと、修理する時にやりやすいということなんでしょうか。

隈　やりやすいです。全部鉄骨で留めているので、修理が必要な時は部材ごとに交換ができるんですね。

実は、昔の木造ってみんなそうだったんです。法隆寺は「世界一古い木造建築」と言われ、創建当時のままずっと残ってきたのかと思われがちですが、実は部材をどんどん取り替えているわけです。傷《いた》んだ部材だけ取り替えられる作りになっているから、何百年も建物が残っている。今はそれと同じことが、鉄骨でできるようになっています。

養老　東京駅の場合と同じく、まさしく「動的平衡」の世界ですね。

隈　新しい歌舞伎座の屋根も、日本の職人技術の粋が反映されているんですよ。屋根には垂木《たるき》という部材を使っているのですが、反りを出すには部材の寸法を一本一本、変えないとダメなんです。その部材は金物の伝統がある富山県のアルミ加工の職人たちが作ってくれました。

養老　違う長さの一本一本がぴったりと合わさるって、なかなかできないでしょう。

隈　そうなんです。これこそまさに日本の先端技術です。実は、第四期はコンクリートだったので、そういった細かいところがぴったりできず、結果として左右の屋根のラインが二センチぐらいずれていたんです。

養老　完全な左右対称じゃなかったんだ。

隈　対称じゃなかったのに、それに誰も気付かなかったんです。今回、建て替えの時に測定してみたら二センチずれていたので、左右どっちが正しいのかと大議論になりまして(笑)。いろいろ調べてみたら、金物との関係でいうと、どうも左の方が正しいらしいということになり、それを再現したんです。

養老　最新の技術で復古的な味わいが出るという、逆説的なことになっているんですね。それも隈さんらしいですね。

隈　先生、ここから地下の広場に行きましょう。

地下鉄の駅が劇場と直結でない理由

隈　第五期の大きな特徴は、地下鉄の東銀座駅と歌舞伎座の建物がつながったことなんです。

養老　駅の灰色の空間から、ぱっと明るい広場へ。その変化がいかにも晴れ晴れしいですね。

隈　はい、この広場は客席の真下なんです。ここを新たに街との接点にしようということで、壁の上半分に鏡を張って、空間がだーっと永遠に続いていくような、幻想的な広場を作りました。

養老　今回の総工事費は、いくら掛かったんでしたっけ。

隈　総工事費は四百三十億円です。ビルと劇場を含めて。

養老　ほう。

隈　この地下の広場から劇場に行くには、エスカレーターでいったん地上に出ていただくようになります。「不便じゃないか」という声もありますが、やっぱり観客が歌舞伎座に入る時には、正面玄関を通っていただきたかったんです。地上から玄関までは、雨の日でも濡《ぬ》れないようにひさしを深くしました。地下鉄の出口から劇場を直接つなげることもできたんですけど……。

養老　直接つないじゃうと面白くないね。

隈　そうすると劇場特有の「祝祭性」が薄くなるでしょう。ですから、ここは観客の方に歩いていただこう、と。

それと、正面から向かって右側の木挽町《こびきちょう》通りを見ていただきたいのですが。ここは東銀座の街との接点を意識して、建物を連動させていこうと考えました。以前、この通り側は全部、壁面だったんです。今回はガラス張りの窓から中の店舗が見えるようにして、通りからも建物に入れるようにしました。公演時間以外でも中で買い物ができるようになっているんですよ。

養老　前はこの脇《わき》の道はもっと狭い印象でしたけど。

隈　建物をセットバックして、歩道部分を広げています。これにつられて、芝居町がにぎやかになればいいな、と。

で、こちらが楽屋口ですね。搬入口があって、奈落《ならく》は以前の四メートルを十六メートルまで深くしました。これで、奈落の部分で大きなものを組み上げてぽんと上げる大せりができました。

養老 舞台の大きさも日本一だそうですね。

隈 舞台の大きさもそうですし、舞台装置としても日本一になりました。

養老 で、地下からエスカレーターで上った真ん前の場所に、お稲荷《いなり》さんがあるんですね。いかにも芝居小屋らしい。

隈 以前は塀の中にあったお稲荷さんを、正面の、みんなから見える場所に持ってきました。そうすると、みなさんお参りしていかれるんですよ。それに、歌舞伎座というのは神社仏閣みたいなところなんですよね。建物そのものに手を合わせている人もいましたから（笑）。先生、建物の中に入りましょうか。

養老 はい、そうしましょう。

隈 玄関には石造りの階段があります。以前は階段が柱の下にありました。その石は再利用しているので、よく見ると以前の階段の跡が分かります。今回はバリアフリーを進めて、フラットに道路から入れるようにしました。

養老 おっ。中に入ると華やかだね。

地下鉄の出口とつながっている広場

正面の入り口を入ると、ロビーの「大間」の絨毯には鳳凰の模様が

隈　玄関から続くロビーは「大間《おおま》」という、昔から続く歌舞伎座の一つの象徴的な空間です。絨毯《じゅうたん》の鳳凰《ほうおう》の模様は第四期の開場の時に使われたものを再現しました。ただ四期も後半になると張り替えでなくなっていたので、ここにこんな模様があったなんて誰も知らなかったんです。白黒の写真を発掘してみたら、こんな模様が写っていた。ぜひ昭和二五年当時を再現しようということになったんです。

養老　なぜ鳳凰の模様なんでしょうか。

隈　この模様は、宇治にある平等院鳳凰堂の柱の上に描かれているものなんです。鳳凰堂の天井は真っ暗なのでこの模様はほとんど見えないのですが、第四期を設計した建築家の吉田五十八《いそや》先生の知り合いの先生が、ちょうどその時、平等院の修理をしていた。それでこの模様を使ったのではないかと我々は推測しているんですけど。

養老　なるほど。じゃあ、我々は鳳凰堂の天井を踏んでいるわけね。

隈　そうなんです。それと、ここは観客同士がお着物を見せびらかすという機能も果たす場所ですので（笑）。

養老　劇場は、その機能も大事なんですよ。歌舞伎座の開場式にうちの女房が行ったんですが、来ている政治家が汚すぎると怒っていました（笑）。こんな時ぐらい、もっといいものを着た方がいい、と。

隈　そして、こちらの扉を開けると一階の客席になります。先生、どうぞお入りください。客席の座席は横幅を三センチ、前後を六センチ大きくしたので、快適性が増したと評判です。

養老　先代は昭和二六年の開場と言われましたっけ？

隈　はい、昭和二六年の一月で、太平洋戦争に負けた後です。よくあの時期にこんなすごい建物を作ったな、と今さらながらに思います。

劇場の壁を見ていただきたいのですが、壁面にある菱形《ひしがた》の模様は先代と同じなんですよ。ただ、昔の材料を見たら、ボール紙に型押しみたいなものだったんです。今だと消防法でボール紙なんかは使えないので、先代の壁と似た質感のものを探しまくって、北海道でセメントボードの型押しを作っている会社をやっと探し当てて、そこに昔のパターンをそのまま渡して作ってもらいました。とにかく劇場の外から内から、一つひとつにエピソードがあるんですけどね（笑）。

養老　ぜひ書き残してください。

赤でないと歌舞伎座じゃない

隈　次は、ちょっと上の階にご移動をお願いして……。

養老　あ、エスカレーターが赤い。これはすごく目立ちますね。

隈　そうなんです。今回は赤をふんだんに使いました。赤って、実は近代の建築教育にとってはタブー視されてきた色なんです。だから最初は僕の中にも抵抗があったのですが、今では「赤でないと歌舞伎座じゃない」と思うぐらい、すっかり赤のシンパになりました。エスカレーターも手すりは当然のことながら、さらに普通は塗装しないステップ部分も赤く塗りました。それで、このような目立つエスカレーターができたんです。

養老　先ほど案内された地下広場も、大間も、赤が空間の大きなアクセントですね。この「赤」というのは、まさしく歌舞伎という感じがするけど、何に由来しているんですか。

隈　おおもとは劇場の柱に塗られた朱の色で、歌舞伎の舞台でもよく使われるらしいんです。「歌舞伎座赤」という色番で商標登録しようと関係者と試みているんですが。

養老　千鳥《ちどり》ヶ淵《ふち》の「イタリア文化会館」も、外壁が目立つ赤だよね。

隈　ああ、あれも同じような赤ですよね。

養老　あれ、隣に住んでいるナベツネが「こんな色にして」と怒ったんですよね。そうしたら、イタリア文化会館の赤は日本の伝統の色だと言う人もいて（笑）。

隈　あの赤も、なかなかいい赤ですけどね。

「歌舞伎座赤」と言っている歌舞伎座の柱の赤は、もともと歌舞伎で使われていた赤。先ほども言ったように、僕も当初は「赤なんて恥ずかしくて使えない」と思っていましたが、途中から「赤でないと歌舞伎座じゃない」と目が覚めて、「前より増やしちゃおう」と自分から言い出すようになりました。

養老　色というものは隈さんのような建築家にとって、大事な要素なんでしょうね。

隈　先ほど、外壁の塗装の話をしましたが、あの白を決める時も真っ白にするかベージュっぽくするか、といろいろな議論があったんですよ。

養老　そういう時はどうするんですか。

隈　昔の歌舞伎座を基準に考えるんです。大正時代の第三期は、最初は純白だったんです。でも、大気汚染のせいでどんどんくすんで、第四期で解体された最後の断片を見ると、ほとんどベージュなんですよ。

養老　そこまで調べるんですか。

隈　はい。昔がどうだったかをすべて調べたら、第二次世界大戦時に空襲で付いた炭の層まで出てきましたよ。それは、考古学的ともいえる面白い作業です。内部の赤い柱も、全部削って調べたんですが、最初は漆《うるし》の赤だったのが、次にカシュー漆という、カシューナッツの油で作った漆の代用品の層が出てきました。そうやって、時代背景が見えてくるんです。

で、ここまで調べて、じゃあ壁の色は最後のベージュにするか、最初の真っ白にするかで意見が分かれる。原理主義でいくと、最初のオリジナルか、最後の壊す直前の色かなんですが、どっちも僕ら設計チームが頭の中に描いている歌舞伎座の柔らかさとは違う。そこで、その中間ぐらいの「頭の中の歌舞伎座」を、それこそ「だましだまし」で探りました。

養老　探るったって、どういう風に探るんですか。

隈　中間色の白をいっぱい作るんです。ただし小さな見本片では分からないから、清水建設の木工場の庭に、瓦屋根《かわらやね》を載せた原寸大の巨大な壁を作って、そこでスタッフ一同、人間の視点から見上げて決めていって。

養老　へえ。

隈 そこに現実的な要素も、もちろん加わります。エスカレーターの赤色で言いますと、赤い塗装を加えても価格は大きく変わらないということで、それこそエスカレーターから楽屋裏など、隅から隅まで赤の分量が増えたわけです。

養老 私は丑《うし》年ですから、赤は大歓迎ですよ（笑）。

隈 では、三階席に移動しましょう。

養老 三階から舞台がよく見えますね。

隈 以前は天井が低かったので、三階席はすごく圧迫感があったんです。新しい歌舞伎座は天井が高くなったので、二階と三階の席は勾配《こうばい》をつけて、下をよく見下ろせるようにしました。以前は上の方からだと見えなかった花道も、「すっぽん」と呼ばれる花道上の「せり」もよく見えます。その辺は先代からすごく変わったところです。「一階よりも三階席の方が迫力があっていいじゃん」なんて言う人もいるぐらい。

養老 ここの席はいくらになるんですか。

隈 三階A席が六千円、B席が四千円ですね。ちなみに一階の桟敷《さじき》席は二万円くらいなんですよ。僕から言うのもナンですが、三階の六千円と四千円の席はお得です。

養老 女房によく言っておきます（笑）。それにしても、この歌舞伎座の舞台は大きくてびっくりするね。そもそも歌舞伎を上演する劇場は、ほかにどこがあるんでしたっけ。

隈　京都の南座、大阪の松竹座、博多の博多座、名古屋の御園座《みそのざ》。東京では新橋演舞場、明治座、国立劇場、あと最近は日生劇場でもたまにやっています。

その中でも、東京の歌舞伎座の舞台の間口は、横幅が約二十七メートルもありまして、圧倒的に広いんです。演劇評論家の渡辺保さんに言わせると、この間口の大きさが東京という都市のスケールに呼応しているということです。

養老　外から見ると建物の大きさなんかは以前と変わっていない感じがするけど。

隈　おっしゃる通り、そこはまったく同じなんです。ただ、劇場内の天井高は二・五メートル高くなっています。同じ大きさのハコの中に二・五メートル高くした天井を入れることができたのは、構造計算の成果です。まさしく「だましだまし」でやりながら、何とか大きなボリュームを確保できたんです。

そうしたら次は、五階の屋上庭園に行きましょうか。

養老　こんなところに、オープンエアの庭園ができたんですね。

隈　ええ、我々は今、五階にいますが、ここは観劇以外の方も自由に出入りができる公共空間なんです。外から見ると分からないと思いますが、実はオフィスビルが劇場の真上に載っかっているんですよ。劇場は今回、柱を取り払った空間になっているの

建物の高さは変わらずに、天井は 2.5 メートル高くなった

屋上には公共空間として庭園も

ですが、オフィスビルの下にそのような無柱空間を作るということは、建築として非常にアクロバティックなことです。そんなことを構造計算を積み重ねてやりまして。

養老　そういう苦労が隈さんはお好きなんじゃないですか。

隈　いや、最初は苦しくて仕方ないんですが、やっているうちにどんどん楽しくなっちゃって（笑）。

福地《ふくち》桜痴《おうち》の先見の明

隈　屋上庭園の脇を下りていくと回廊があって、歴代の歌舞伎座の建物模型が展示されています。この模型を見ながら、それぞれの経過をご説明しますね。

養老　今回が五代目ということですが、初代は明治なんですね。

隈　明治二二年に東京日日新聞の主筆だった福地桜痴が、東京に大きな歌舞伎座が必要だと言ってお金集めから何からすべてを構想し、初代の歌舞伎座を実現しました。あの人は先見の明があって、彼がいなければ、「歌舞伎」という伝統芸能は生き残らなかっただろうと言われています。

養老　相撲も似ているよね。江戸時代には相撲のための常設の建物はなかったんだけど、明治時代になって、相撲専用の立派な建物を作った。言い出したのは誰だっけ？　あ、板垣退助だ。外国人に日本のものを見せるんだ、と。それで、その建物が「国技館」と名付けられたから、相撲が「国技」になったんですよ。その前までは、相撲は別に日本の国技だったわけじゃない。

隈　そういう順番なんですか。

養老　そう。髙橋秀実さんが『おすもうさん』（草思社）という本で書いていましたよ。歌舞伎も歌舞伎座を作ったから国の伝統芸能になった、というところがあるんじゃないかな。

隈　福地も板垣も建築というメディアの利用の仕方が分かっている人だったということですね。

それには、やはり建物のスケール感が影響するんです。人間という生物は自分の体に比べてすごく巨大なものが存在すると、そこにある威圧感や永続性のイメージに圧倒されて、背後にとんでもないものを感じてしまう。人間に限らず生物ってそういう弱さ、流されやすさを持っていると思います。

養老　建築のスケール感でいえば、やはりピラミッドですよ。何であんなものを作ったのかは、いまだにナゾなんですよね。あんなに意味の分からないものはないけれど、その心理的な影響たるや。昔、船で西洋に行った人たちの旅行記には、やたらとピラミッドが出てきますからね。

隈　ピラミッドは、ほとんど無意味と言えるぐらいの圧倒的な大きさです。しかも、あの三角錐《さんかくすい》の形って意外に不合理で、無駄な面が多いんです。四角く作ればフロアを重ねていけるから、空間が有効利用できるんだけど、わざわざ三角の形にするというのは、そういう不合理な形態が人間心理に及ぼすパワーを、作った人間が分かっていたから。建築というメディアの効果を、古代エジプト人も十分に認識していたのでしょう。

養老　明治二二年にできた初代の歌舞伎座が、今と変わらないサイズだったということは、スカイツリー以上の存在感だったんじゃないでしょうかね。

隈　しかも、その立地を当時の中心地だった日本橋ではなく、銀座の晴海《はるみ》通りにしたというところに、福地の並々ならぬ先見性を感じます。晴海通りという軸線は、東京の中でも、ものすごく重要な軸線なんです。

養老　当時の歌舞伎の支援者は、江戸時代から続く吉原《よしわら》と河岸《かし》こそが本拠だ、という感覚だって持っていたでしょう。

隈　ですから日本橋からも、吉原からも離れた晴海通りに持ってくるというのは、関係者にしては「とんでもない」という話なんです。でも、福地は彼なりの計算で、ここに作れば、国技館じゃないけど「日本の象徴になり得る」と読んだわけです。

養老　晴海通りは国会議事堂と皇居と銀座を結んでいますよね。

隈　はい。しかも銀座の先には築地《つきじ》がある。築地って西洋からの情報の入り口でもあったわけです。

都市計画とは、どの軸を基準線に選ぶかが決定的に重要なんです。例えば一九世紀のパリの都市計画では、オペラ座のようなモニュメント建築をフォーカスポイントに置いて、それを基点に軸線を引いて、モニュメントを引き立てるように道路も考えられました。

オペラ座にいたる正面の道路は堂々とした大通りにして、その他の道は細くして、とメリハリを付けている。オペラ座にフォーカスをあてるために、周辺の建物は「わざわざ地味になるように」誘導しているんです。そういうことの積み重ねでパリの魅力ができています。

養老　パリに比べれば、僕の住んでいる鎌倉なんてケチな規模だけど、あそこだって鶴岡八幡宮《つるがおかはちまんぐう》が街を決定しているんですよ。

隈　確かにあれはオペラ座的ですね。

養老　八幡宮の前の五百メートル道路を海岸までずっと一本道で延ばして、そこに鳥居を三基置いた。だから、ものすごく単純な設計ですよ。俺だってできるわ（笑）。

隈　それでも、あの一本道の参道の構造がある限りは、八幡宮は鎌倉の主であり続けますよね。

養老　結局、そういうことになっちゃうんです。で、その参道を唯一《ゆいいつ》ぶった切っているのが、ＪＲの横須賀線なんですね。敷設《ふせつ》した当時のＪＲは国鉄で、国鉄は「国家」でしたから、八幡宮対国鉄、つまり神社対国家の勢力争いが目に見える形になっている（笑）。

隈　歌舞伎座に話を戻すと、初代の歌舞伎座はパリのオペラ座がモデルなので、ある角度から見ると屋根の形状が驚くほど似ていて、「日本のオペラ座を東京に作ろう」という意識が明確に伝わってくる設計です。そういった、福地一流の感覚があったから、歌舞伎は今、ほかの伝統演劇と比べてまったく違うポジションにあるわけです。そういう構想力が建築というメディアを利用し切った時に、どんなことが起こるかということを、先代までの歌舞伎座の歴史を見ながら僕は再認識しました。

養老　建築家冥利《みょうり》につきますか。

隈　建築というものをそういう風に利用してもらえて、建築家としてもすごくありがたいと思いますね。

歴代の歌舞伎座に戻りまして、その後、明治四四年にはライバルとなる帝国劇場が日比谷に洋風建築として完成したんです。だったらこっちは和風でいかねば、ということになり、同年に大改修されたのが第二期の歌舞伎座です。実は第一期のコンクリートの外壁を残したまま、和風の屋根を載せたんですけど、ここで唐破風《からはふ》の屋根が初めて登場します。第二期は志水正太郎という人の設計とされていますが、たぶん大工たちと丁々発止で作ったんじゃないかと思われます。僕は、この第二期はすごくいいなと思っています。

養老　威風堂々たる建築ですね。

隈　第三期は岡田信一郎先生という東京美術学校（のちの東京藝術大学）の教授を務めた建築家が設計しました。岡田先生はどちらかというと洋風建築の大家なんです。皇居のお堀端にある「明治生命館」が代表作なのですが、彼の表現の特徴は、西洋風に縦の線をバーンと強調するところにあります。和風の基本は、それとは対照的に水平にあるものなので、第三期の歌舞伎座も一見和風の枠組みなのですが、作り方をよくよく見ると、縦の線が活《い》かされた洋風建築なんです。

養老　非常に迫力がありますね。

第一期（明治 22 年）

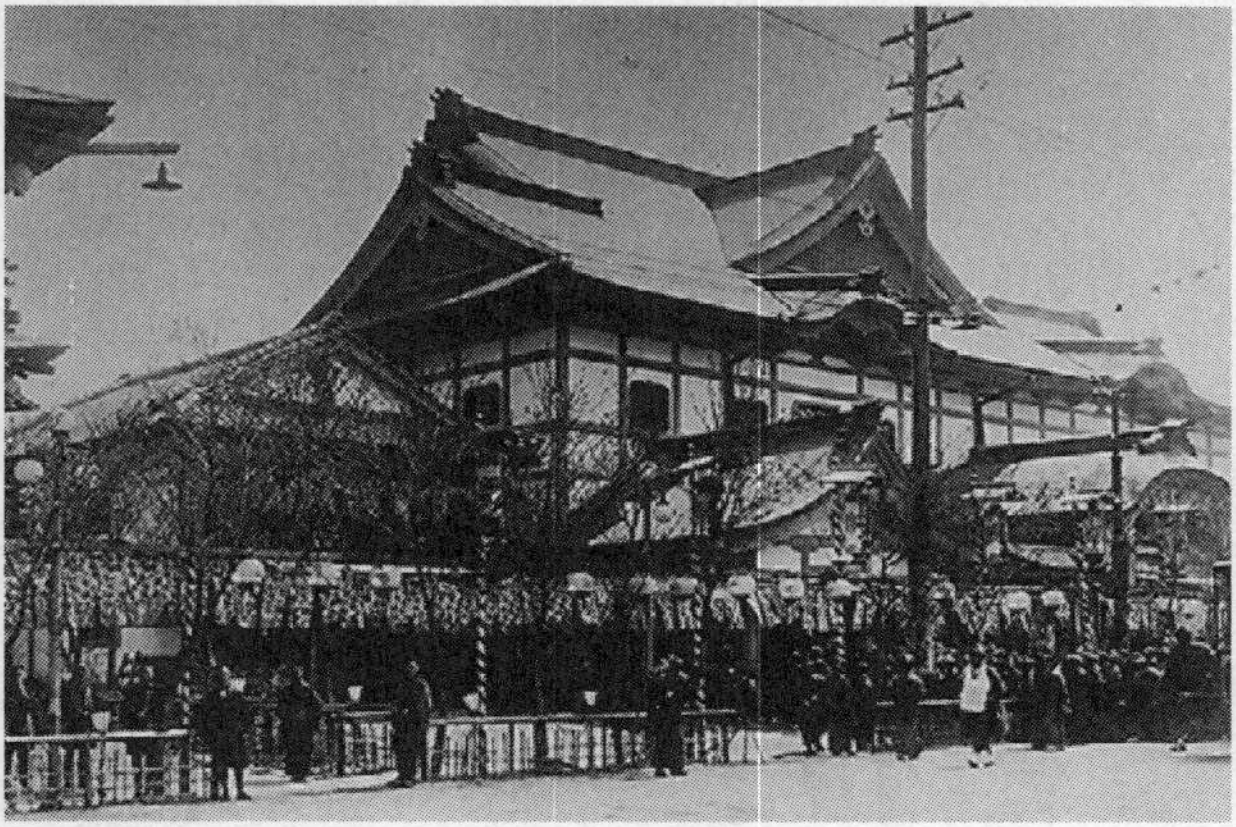

第二期（明治 44 年）

第三期（大正 13 年）

第四期（昭和 25 年）

隈　その洋風の作り方に屋根を載せたスタイルが、いわゆる歌舞伎座としてみんなに親しまれる原型になったわけです。

ただ、この第三期は、惜しくも戦災で大屋根が燃えてしまうのです。その次の第四期を担当したのが吉田五十八先生です。吉田先生も藝大の教授で、彼は和風モダン、あるいは数寄屋《すきや》モダンというべき建築の大家だったんですね。吉田先生は第三期の大屋根がなくなったのを「そのままでいい」と、フラットルーフにしました。

今のスタイルとなる内部を全面的に作ったのも、この吉田先生です。第三期は格天《ごうてん》井《じょう》にシャンデリアという、ちょっと和洋折衷的な設《しつら》えでしたが、吉田先生はそこも数寄屋モダン的な要素に全部変えました。

養老　隈さんは、建築の素材やスタイルになると、とりわけ熱心にお話ししてくれますよね。

隈　その辺りは自分でも抑制できなくなるところです（笑）。

「屋根の建築」の持つ象徴性

隈　こんな感じで歌舞伎座を一巡させていただきましたが、お話しした通り、第五期の歌舞伎座では、第四期のスタイルを基本的には踏襲しました。ただ、第四期では木挽町通り側のコーナー広場はなかったんです。今回は建物をセットバックして、ここを「プラザ」として街との接点にしました。このように、街と劇場をつなごうとしたところが歌舞伎座の再開発における、二一世紀流の街に開かれたアーバンデザインだと思っています。

養老　いや、いろいろとびっくりしました。伝統的に見えるものと、ハイテクノロジーの組み合わせは、最も贅沢《ぜいたく》だと実感しました。

隈　先ほど、ピラミッドの話が出てきましたが、ピラミッドって実は「建築」ではなくて「屋根」なんです。屋根の持つ象徴作用というものは大きくて、例えばパリのオペラ座だって、言ってみれば「屋根の建築」なわけです。

養老　上にドーム型の屋根が載っかって、金色の装飾がいっぱいくっついていますよね。

隈　あの屋根は一種の「王冠」なんですね。

養老　なるほど。

隈　明治二二年に最初の歌舞伎座が作られる以前、芝居小屋というものは、江戸の町の中に融《と》けてしまうようなものだったんです。その芝居小屋を捨てて、近代国家日本の顔となる劇場を目指したからこそ、オペラ座と同じような王冠＝屋根を載せようと関係者は努めました。それが第二期と第三期でどんどん進化していったんですね。

とりわけ大正一三年の第三期は、左右両方に加えて、中央に大屋根が載ったもので、とても派手でした。この派手さは日本の伝統建築にはない種類のもの。まさにオペラ座も真っ青の西洋的な派手さだったのです。

養老　でも第四期は屋根がちょっと地味になりますね。

隈　第三期の目玉である大屋根が戦災で消えた後、第四期を復興した吉田五十八先生が初めて屋根を削りました。そこにも建築史があります。爆撃で屋根が取れたままをよしとして中央の大屋根を復興しなかったのは、もちろん予算の事情もあったと思いますが、それだけじゃなかったと僕は推測しています。

第四期は昭和二五年の完成なんですが、当時は建築の歴史区分で言うと、いわゆるモダニズム全盛時代だったわけです。モダニズムとは「屋根の象徴性」の代わりに「箱の効率性」を上げようとする、二〇世紀工業化社会の考え方です。吉田先生はそんな時代の空気を読むのがすごくうまかった。

その証拠にフラットな屋根で落ち着いた第四期の意匠は「戦後の歌舞伎座」として日本人の原風景の一つになりました。

養老　屋根とはつまり「塔」というものに通じるでしょう。一番象徴的なのはゴシック建築だよね。天井の点に向かって必ずとんがっている。それで今の人間もスカイツリーを作ったりしている。人はきっと塔を作りたいんだよね。

それで思い出すのが作家の石川好《よしみ》の書いた話で、石川が初めてニューヨークに行った時、あのとがった超高層ビルにびっくりしたそうです。

隈　二〇世紀前半のニューヨークの眺め、いわゆる「スカイスクレーパー（摩天楼）」と言われた時代は、クライスラービルやエンパイアステートビルなどが高さの競争をするわけですが、先端のとんがり方の競争もするんです。

養老　まさしく象徴としての「屋根」、つまり王様の王冠を競い合って作るわけだ。

隈　それが大恐慌《だいきょうこう》の後にはまた一変するんです。ああいうとんがったものは大恐慌前の浮かれた時代のものだと一気に否定されて、みんな工業化社会風のさみしい四角い超高層に変わってしまう。戦後は日本でもずっと四角の時代が続きました。でも今、もう一回、屋根の時代が始まっているんじゃないかというのが、僕の歴史観です（笑）。

養老　ただ、今回の歌舞伎座では、「隈研吾色」というものがほとんど出ていない感じがするんだけど。建築家ってどうしても自己主張を盛り込みたくなるんじゃないかですか。

隈　多少はいじっているんですよ（笑）。でも、そのことについて言いますと、歌舞伎座に関しては建築が持つ「型の強さ」というものを僕は強く感じましたね。

不思議なことに歌舞伎座の建物は、第一期から第五期にいたるまで、時代の切れ目に建て直されているんです。第二期は漏電で焼失して、その再建中に関東大震災が起き、それを乗り越えて第三期が建ちました。その第三期は第二次大戦の空襲でほとんど燃えてしまい、その後に第四期が建った。そして第五期は建築中に東日本大震災が起こりました。

養老　特別な星の巡り合わせの下にある建築なんじゃないですかね。

隈　その星の巡り合わせの中で、日本人に馴染みのある「歌舞伎座」という型ができあがっていき、多少ずれていても頭の中の型で補正して見るようになった。だからその型の範囲で僕が多少いじったとしても、みんな気が付かない。型という日本文化が持つ力を感じます。

養老　型に関しては、まったくその通りだと思いますね。

隈　歌舞伎座の工事の終盤、仮囲いが外れた時に、ほかならぬ僕自身が「ああ、囲いの中には、昔の建物がずっとあったんだ」と思ってしまいましたから。工事を始めてから土地に何もなくなった状態を見ているし、地下を掘っている過程にだって立ち会ってきたのにもかかわらず（笑）。

養老　僕が東大に勤めていた時、東大が赤門を塗り直したんですよ。その間は完全に覆《おお》いがかけられて外からは見えなかったんですが、その覆いをパッと取った時に全部黄色くなっていたら面白いな、と思ったけどね。

隈　これぞ形無し（笑）。

養老　黄色い紙を張っておくのでもよかったんだけど。型はあるんだからそのぐらい、いたずらしてみたらよかったのに。そういうしゃれっ気は東大にはなかったですね。

隈　アメリカの大学だったらイベントにして、ちゃっかり寄付もさせたりと、いろいろ仕組むと思うんですけど。

養老　とにかく日本はまじめすぎるんだよ。

パリの象徴たるオペラ座やエッフェル塔は、できた当初は罵詈《ばり》雑言《ぞうごん》の嵐《あらし》だったとのことですが、歌舞伎座の設計にあたって、隈さんにそういう怖《おそ》れはありませんでしたか。

隈　大きな建築というのはそういう宿命を持ちます。でも、それが百年続いて建っていたら、今度はみんなそれなしでは生きていけなくなっちゃう。

そもそも初代の歌舞伎座というプロジェクト自体が、それまで「江戸三座」と呼ばれて、東京の町にばらばらにあった歌舞伎の劇場を、大金をかけて一つにまとめ、東京の真ん中に作ろうとしたもの。しかも、お上ではなく民間の力で作っちゃったわけです。関係者たちは勇気があったというより無謀に近い。福地桜痴にしても、投資の回収で頭がいっぱいだったはずなんですよ（笑）。

養老　それが後に百何十年続いていくとは、当初は誰も思ってはいなかったでしょうね。

隈　そこに建築というものの潜在的な力を感じます。建築って人間にいろいろなことを錯覚させるんですよ。例えば破風屋根の下には特別なものがあるという錯覚。その錯覚は不思議なことに、時間がたつと錯覚じゃなくて本質になったりもするんです。

養老　建築家は最初の罵倒をモノともせずに、百年間耐える忍耐力を建物に込めないといけないですね。

隈　歌舞伎座はそういった時間軸を感じるとてもいい経験になりました。

東京・歌舞伎座にて（2013年3月29日）

第五章　日本人とキリスト教的死生観

一九四七年にキリスト教イエズス会による教育が始められた神奈川県の栄光学園。その卒業生である養老孟司さん、隈研吾さん、生命知能システムの研究者・廣瀬《ひろせ》通孝《みちたか》さんが、自分たちに影響を与えたキリスト教ならではの死生観や当時の思い出について語り合います。

平らでない土地に建てる

――本日は隈研吾さんと中学から大学まで同じ学舎《まなびや》に通った廣瀬通孝・東京大学教授のお宅にお邪魔しています。こちらのお家《うち》は通称「鉄の家」。その呼び名の通り、大変ユニークな建物です。どういう経緯でこのようなお家ができあがったのでしょうか。

廣瀬　その質問を今までに何回、受けたことか（笑）。どこから話したらいいですかね。以前はマンションに住んでいたんですが、家内の友達の間で家を建てることがブームになった時、家内が面白い土地を見つけたんです。それがこの敷地なんですが、ここは不動産評価的にいうと、とんでもない土地だったらしくて。

――なぜでしょう？

廣瀬　住宅街の中で低い道路と高い道路というレベルの違う二つの道路に面していて、しかもL字型という変わった区画なんですね。

隈　そういう敷地は、例えば東京ミッドタウンのようなものすごく広い土地だったらあり得るのですが、普通の住宅地では僕にしても見たことがないものでした。

――高い道路の先は陸橋に続いているし、低い道路は地域の幹線だし。確かに非常に変わった敷地ですね。

廣瀬　ちょうどそのころ、隈さんのプロデュースで、コンピューター化したランドスケープをテーマにした展覧会が都内のホテルでありました。僕が展示の技術協力をさせてもらったので、オープニングのパーティーに家内を連れて行ったんですよ。そうしたら、こともあろうに家内がその席で「隈さん、土地を買ったんですけど、そこに家を設計していただけませんか」みたいなことを言っちゃって。

隈さんって、「平らな土地に建物を建ててください」と言うと、あまり燃えない人なんだけど、「ここならどうだ、建ててみろっ」みたいなことを言うと燃える人なんですよね。

隈　ははは。

廣瀬　そうしたらやっぱり食らいついてきて「じゃあ、その土地を見に行こうか」って、その日の夜に見に行ったんでしたよね。

隈　ああ、そのまま行ったんだっけ。

廣瀬　あの時はまだ以前の家が建っていたのですが、塀の向こうからのぞいて「あ、この場所か、面白いね」と言ったのが始まりでした。

養老　まんまと引っかかってくれたんですね（笑）。

隈　そう、見に行ったら案の定、珍しい土地。住宅街なのに二つのレベルに接していて、しかも角地で、すぐ脇《わき》に橋もある。不思議な場所があるものだなあと感心しましたね。

当時、僕は愛知万博の会場計画に携わっていて、「トポス型」という新しい概念とその可能性についてずっと考えていたんです。

養老　トポスってギリシャ語で「場所」のことですよね。

隈研吾さん設計の「鉄の家」は、住宅地の中で低い道路と高い道路に面しているという極めて珍しい立地にある

隈　はい。僕の考えていた「トポス型建築」を平たくいうと、山に建物を作る時、従来のように傾斜を削って自然を壊すのではなく、傾斜のまま自然を残して建築を作るということです。廣瀬先生の家の原点には、そのトポス型建築の発想がありました。

――ルーツは愛知万博にあった、と。

隈　まあ、当の愛知万博では、せっかくのトポス型建築が日の目を見なかったですからね。

廣瀬　そうそう、計画のレベルではかなり真剣に議論をしたのに、日の目を見なかったんですよね。

隈　「トポス型」というのは、言うのは簡単でも実際に作るのは大変なんです。万博のような大掛かりな実験イベントの場でも、山に建物を作ろうなどという時は、結局、斜面を全部フラットにしちゃうんですよね。

――愛知万博って「愛・地球博」といって、確か環境がテーマではありませんでしたか？

隈　そう、それで当初、僕はメインの建築家に起用されたんですが、黒川紀章さんが「あんな若造にやらせるのか」と言ったり、地元からもいろいろ異議を出されたりして、最終的に放り出されちゃったんです（笑）。

――そんなこと、ここで言っても大丈夫ですか？

隈　今なら大丈夫。進行中の建築については、生々しくて、いろいろ差し障《さわ》りがあるけれど。

養老　この家は、敷地もそうですけど、素材が変わっていますよね。

廣瀬　変わった素材は、まさに隈さんならではですよね。

隈　何といっても主《あるじ》が鉄道マニアですから、じゃあ鉄を使うしかないな、と。

――廣瀬先生は「鉄道車両の中で暮らしたい」と言うほど熱烈な鉄道ファンでいらっしゃるとか。

廣瀬　はい、簡単に言うとオタクです。

養老　この家は一階がコンクリート造りで、その上に、鋼材で造った二階と三階部分があるんですね。何ともユニークというか。

廣瀬　コルゲート板という鋼材は、通常は土留めに使う土木材料なんですよ。それを一枚ずつ持ってきて、一階に造った基礎に差していったんです。

隈　言ってみれば、樽《たる》を作るみたいな感じですよね。

廣瀬　でも樽を作る時って、最後の一枚をピシッときれいに差し込むのがものすごく大変なんですよ。

養老 そんな感じがしますね。

廣瀬 それでやっぱり、この家を作る時も困りましてね。

隈 この家の構造を専門用語で言うと、柱や梁《はり》のない「モノコック構造」というものです。モノコック構造って、それこそ鉄道の貨車とか機械とかを作る時のやり方なんです。僕は、住宅を作るのに機械の作り方をわざわざ選んでしまったということで、それは無理があったなと、後ですごく反省しました。

――通常はどうやるのですか。

隈 普通の建築は、まず外枠を立てて、柱、梁を立てて、その外側に壁を張っていきます。柱や梁が多少真っすぐでなくても、誤差は外壁で全部吸収できるようになっているんです。

――それはモノコック構造ではなくて何と呼ぶのですか？

隈 「レイヤー構造」、つまり「層とか段階の重なり」の構造です。建築の世界というのは、もとから「だましだまし」やっていくような仕掛けが内蔵されていて、どこかでちょっと間違っても、次のレイヤーで直せるようになっています。建物を作り終えた後にも、もう一つインテリアというレイヤーが最終的にあって、そこでまた直せるから各レイヤーで誤差があってもなんとかうまくいくんです。

柱や梁がない「鉄の家」で談笑する三人（2013 年 11 月 26 日）

廣瀬 でも、この家は機械の作り方を採用してしまったから、誤差の吸収のしようがなかったんですよね。

隈 外壁に使ったコルゲート板が構造も兼ねるというのは、鉄道車両では常識でも、建築という「だましだまし」やってきた産業には極めて困難なことでした。だけど、設計した時はそれに気付かなかったんですよ（笑）。

養老 建設会社は大丈夫だったんですか。

隈 建設会社も図面を見た段階ではたぶん全然分かっていなかったと思います。着手した後に初めて、あまりの大変さにびっくりされたと思います。でも、よくつぶれなかったよね。

―― そんなことを建築家が言っていいんですか。

隈 ははは。

廣瀬 大工さんの腕がよかったんですね。いや、この家の場合は大工さんというか、工作要員というべきか。

隈 自分でも、「すごく難しいことを考え付いてしまった」と思ったんですが、現場で作る人は図面を見ただけでは気付かないんですよ。それで、いざやり始めると「あ、こんなことになるんだ！」と分かって呆然《ぼうぜん》となる。

廣瀬　外壁はコルゲート板を正確にボルト接合して組み立てていくわけです。内壁はコルゲート板に吹き付けた断熱材を、ポリカーボネートという大きなプラスチック板で覆《おお》っていきます。それらを一枚一枚、建築家が図面に描いた形に切り取って、壁にボコンと嵌《は》めていく。板は結構長くて大きい部分もあり、それをすき間のないようにピシッと嵌めていくのは難儀でしたよね。

隈　現場ではすべて一発勝負でしたからね。

養老　そもそもこういう形の敷地だと、どうやって建てるんですか。クレーンを入れるにも苦労しそうだけど。

廣瀬　それもやっぱり大変だったようです。隣接する道路に駐車規制があって、クレーン車にしても敷地内に入れなきゃならなかったので、まるで山の頂上に家を建てるみたいなやり方でした。

隈　養老先生のご自宅も、鎌倉の狭い切り通し洞穴の向こうにありますよね。あの家の建材は全部手で運んだんですか？

養老　そうですね。二トントラックに四角く荷物を積んだら、家の手前にある、あの洞穴は通らないんですよ。

隈　あそこはミキサー車だって、絶対に入らないですよね。

養老　コンクリートを打つ時は、ミキサー車からホースを、それこそヘビみたいにズルズルと長く引っ張って。

廣瀬　うわあ、途中で固まってしまったら大変（笑）。でも、鎌倉の家って、そういう感じで建てられたものが多いでしょうね。

養老　山、谷、斜面だらけの地形だから、そうでしょう。

廣瀬　この家も相当変わった土木技術を用いました。最初に敷地の中に飛び込み台のような足場を組んで、そこからコンクリートを打って一階を造るわけです。ご近所の方々はいったい何ができるんだろうとウワサしてらしたそうです。

養老　隈さんも現場でご覧になっていたんですか。

隈　現場の担当は、僕の事務所のスタッフ二人です。一軒の住宅にスタッフが二人張り付くというのは、建築事務所としては異例なことで大赤字になります。

建築は超アバウトな世界

隈　この家を建てるのにめちゃくちゃ苦労したおかげで「機械」というものと「建築」というものの差異がよく分かりましたね。

養老　どういうことでしょう。

廣瀬　簡単に言うと、建築の世界ってすごくアバウトなんだということですよね。

隈　そうなんです（笑）。

廣瀬　僕はもともと機械が専門ですから、精度というものがものすごく大事なんですが、建築は垂直と水平には非常に注意を払うんだけど、個々の精度はあまり見ないいんですよ。

隈　図面で一メートルと書いてあっても、九十八センチから一メートル二センチぐらいまでは許容するのが建築なんです。二〜三センチの誤差は普通だから。

――それは廣瀬先生のご専門ではあり得ないですか。

廣瀬　あり得ません。例えばエンジンを考えてみてくださいよ。ピストンとシリンダーの間というのは零コンマ何ミリという感覚でしこしこっと設計して組み立ててるんですからね。だから、「誤差の許容範囲が二センチだって？　何をバカなこと言ってるんだっ！」みたいな感じになりますよね。

隈　そのへんの感覚が機械と建築では嚙《か》み合わないわけです。

廣瀬　時計などは代表例ですが、機械というものは組み立てる途中で誤差を許してしまうと、その誤差が累積《るいせき》して結果的に組み立てられなくなるんですよ。

隈さんは知ってか知らずか、この家の素材に鋼材を選んでしまったわけですよね。鋼材は通常の建築よりも機械に近い材料なので、誤差を許容しない考え方で臨まないとダメになるんです。

隈　養老先生の世界ですと、誤差はどんなものですか。

養老　地質学なら一億年は一桁《けた》の誤差を含んで、一千万年から十億年の間だよ。

一同　……（絶句）

隈　……それはまた豪快ですね。

廣瀬　この家の一番の極め付きは、素材よりもここ、この鉄道模型のショーケースなんです。

一同　出ました！

廣瀬　とにもかくにも、うちの重点はここじゃないですか。

――なるほど、ここが鉄《て》っちゃんの本丸で。

廣瀬　ここが我が家のエンジンですので、ここだけは絶対に傾いてはいけない。

隈　ここの誤差は許されなかった（笑）。

廣瀬　ショーケースにある模型は、モーターが入っている車両が途中にあるから、その重みで踏ん張って静かに止まっているんですけど、ちょっとでも水平でなくなると、すーっと走り出してしまうんです。これを二センチの誤差感覚なんかでやられちゃったら、大変なことになります。ここは隈さんにプレッシャーをかけましたね。

隈　みなさん気が付いていないかもしれませんが、普通、コンクリートの床というものはオフィスなんかでも一～二センチは傾いているんですよ。

――そうなんですか。

隈　コンクリートが真っすぐに打てていなかったりしますから。でも、このショーケースは傾いているとすぐに分かっちゃう。僕にとっては鉄道模型じゃなくてビー玉が並んでいるような緊張感ですね。

廣瀬　ショーケースの部分は、僕も自分で段ボールを切ってモックアップ（実物大模型）を作ったんですよ。自分の目線から車両がどのように見えるかと位置を考えながら。

――さすが東大の先生、かつ鉄っちゃんでいらっしゃる。

廣瀬　バーチャルでやってみようかと思ったけど、バーチャルはそこまで信用できないので。

養老　そんなこと言って、廣瀬さんはバーチャルの専門家じゃないですか。

廣瀬　ははは。こういうのは、手を使ってリアルにやらないといけませんね。

——こういうお家を建てるには、とりわけ奥さまのご理解が必要と思われるのですが、ご理解いただくために、何か努力をされたのでしょうか。

廣瀬 それはね、下の茶室ですね。

——あの一階の奥にあるコンクリートでできたユニークなお茶室……なるほど、あれとバーターだったのですね。

廣瀬 そう、交換条件です。だから、二階は何だかよく分からないものができているけど、仕方ないわ……という風になりまして。

——ちなみに、廣瀬先生の鉄道模型のコレクションは何両くらいになるのでしょうか。

廣瀬 数千両ですかね。ショーケースの中の模型は入れ替えています。ほとんど僕はキュレーターとしてこの家に存在しているようなものです（笑）。

——廣瀬先生のような鉄道模型マニア人口と、養老先生のような昆虫マニア人口は、どちらが多いのでしょうね。

養老 似たりよったりじゃないですか。昆虫はチョウなんかが入ると、ぐっと人数が多くなりますからね。

隈 チョウの世界もすごそうですね。

廣瀬　マニアは興味の対象が、どんどん細かく深くなっていくんですよね。

隈　「俺はつり革しか集めてないぞ」、みたいに。

廣瀬　います、います（笑）。

――隈さんが鉄道少年だったり、昆虫少年だったりしたことはありますか。

隈　そっちの細かい方面はまったく興味がなく、子供のころから基本的に建築物とか山とかが好きでした。でも建築物って集めるわけにいかないじゃないですか。

廣瀬　それはそうですよね。

隈　だから、自分でせっせと見に行っていましたね。

養老　今だとパリのオペラ座や、万博のパヴィリオンなどの模型とか3Dの図面なんかが人気になっていると聞きますけどね。隈さんは結局、現物を作っているから。

隈　でも昔に一回だけ、廣瀬に付き合って鉄道模型を買ったことがあるんです。

廣瀬　大船の模型屋だったね。学校帰りに。

隈　廣瀬の世界の奥深さにちょっと触れてみたいなと思って（笑）。それで、僕も紙の模型を買ったんだけど、完成させることができなくて「僕には無理だ」ということが分かりました（笑）。

廣瀬　僕は僕で、小学生のころに建物の模型を作ったことがあったんだけどね。それらを並べて都市計画だ、とかやってましたよ。あと、それこそ幼年時代は昆虫好きでした。

脳も都市もバーチャルリアリティ

――養老先生と廣瀬先生は、初対面でいらっしゃいますか。

養老 いや、廣瀬さんとは何度も会っていますよ。廣瀬先生の研究領域に関しても多少は知っています。

廣瀬 僕はコンピューターが専門なのですが、中でもバーチャルリアリティ（VR）の研究を四半世紀以上にわたって続けてきました。コンピューターグラフィックス（CG）という技術はご存じだと思いますが、VRはそこから派生した技術で、映像世界の中に入り込んで、いろいろ擬似体験をしてみようというものです。東大の研究室では、「デジタルミュージアム」「ライフログと未来予測」「デジタルパブリックアート」「高齢者クラウド」などのプロジェクトに取り組んでいます。

――どのような内容なのでしょうか。

廣瀬 「デジタルミュージアム」を例に取ると、博物館にはいろいろな展示物が置かれていますが、多くの場合、それらは貴重なものなので、手を触れて体験するわけにいきません。でもVRを使えば、自由に手に取ったり、いろいろな方向から眺め回したり、動かしてみたりと、より深い観察が可能になります。そのためにどんな技術が必要になるのか、実際の展示を行って研究してみようという試みです。養老先生とはその件ですでにお話をさせていただいています。というのも、養老先生のご専門は脳の中で起こっている出来事でしょう。

養老　まさしくバーチャルリアリティなんだよ。

廣瀬　ですよね。VRって、外でいろいろ映像的な刺激を作って、それで実際には存在しないものをあたかも存在しているように見せることですよね。でも存在しているように感じるのは、人間の頭、つまり脳です。

隈　VRというものが騒がれた時に、養老先生は「都市ができた時から人間のバーチャル化は始まった」とご本にお書きになっていましたよね。

養老　脳化都市っていうことを書きましたね。

廣瀬　人間が都市を作った時点で、人間の脳の中の出来事が空間になってしまったのだという論でした。だからバーチャルリアリティというのは今に始まったことじゃないんだよね、と。それは僕にとって目からウロコが落ちるようなお話だったんです。

養老　都市は隈さんの専門にも関わってきますよね。

隈　「きみたちがやっている建築とは、そもそも、かなりフィクショナル（虚構的）なものなんだよ」という養老先生の批評は、僕にとっても目からウロコが落ちる感じでした。建築家って、自分たちがやっていることをすごくリアルだと思っているのですが、その原点となる都市が実は危ういフィクションなのだという認識は、養老先生から与えていただいたと思っています。

――それ以前は気付いていなかったんですか。

隈　うすうす気付いてはいたんですよ。だって若いころの僕は、先輩の建築家たちに対して「怪しげな人たちだなあ」と思っていたので（笑）。

例えば丹下健三さんとか黒川紀章さんとか、巨匠と言われていた建築家は「都市計画」の概念を日本に持ってきた人たちです。でも、彼らの語る都市計画というのは壮大な大風呂敷《おおぶろしき》なわけですよ。

例えば丹下さんの「東京計画1960」は、いまだに二〇世紀の代表的なアーバンデザインと評価されていますが、その実態は皇居を起点とする軸線を東京湾まで描いて、それに沿った形で海上都市を作るという環境破壊プロジェクトです。

黒川さんが提唱した建築概念の「メタボリズム」は、建築を生物のようにとらえるというものでしたが、僕らの世代には誇大妄想にしか映らなかった。それらの「絵」にうさんくささを感じていた僕にとって、養老先生の言葉はとてもマッチしました。

――養老先生のおっしゃることは、コンピューターと建築の両方の世界にとっても示唆《しさ》的だったんですね。

廣瀬　先生は覚えておられないかもしれませんが、十数年前に先生は日本未来学会で、未来とは何か、という話をされたんですね。

その時、「大人の未来というのは確定論的に決まっている。その反対に子供の未来は真っ白だ」という話をされたんです。大人は「今日は鼎談《ていだん》があるぞ」みたいに予定をたくさん持って、それをこなしながら生きている。でも、子供のいいところは何も予定がないところ。今日、天気がいいから虫捕りに行っちゃおう、みたいなことが普通にできるのが子供で、だから子供にとっての時間と我々のような大人にとっての時間はちょっと違う、と。

「ライフログ」という言葉があるのですが、コンピューターって基本的に膨大な量の過去のデータを蓄積することができるじゃないですか。ただ面白いのは、その情報を使って未来をシミュレートし、予測することもできるんです。予測できるだけでなく、今後は漠然と操作できるかもしれない。それが実は先の「ライフログと未来予測」プロジェクトです。

そういう領域を僕は研究しているわけですが、それまで時間について深くは考えていませんでしたから、先生の時間のお話は刺激的でした。研究者として対象に懐疑を持ち続けることも大事なんです。

質実剛健で軍隊式の教育

――廣瀬先生のご専門でも「懐疑」という態度が必要なんですね。

廣瀬 たぶん隈さんもそうだけど、僕は何に対しても懐疑的な態度を基本にしているところがあります。研究者って、いつも何か漠然としたものを抱えているところがあって、もやもやしている。それに上手に言葉を与えてくださるのが養老先生なんです。

――「懐疑的」というところは、みなさんが学ばれた栄光学園らしい感じですか？

廣瀬 ですかね。

養老 学校の立地が東京のど真ん中じゃなくて、東京からちょっと離れた神奈川県にある。

隈 栄光学園が都市の外にあったということは、自分の精神形成にかなり決定的な影響を及ぼしたと僕は思っています。

養老　ありますよ、それは。

廣瀬　養老先生の時代は大船《おおふな》（鎌倉市）ではなくて、田浦（横須賀市）だったんですよね。

養老　そう、田浦ですよ。国鉄の「田浦」駅から普通に歩いて三十分くらいの港に立地していたんです。校門を入ってからも遠くて、片側が海になっている道をさらに十五分くらい歩く。まだ学校は設立されたばかりで、僕の代で四期生でしたね。

廣瀬　隈さんと僕は大船に移転してからですから、田浦時代は知らないんですよ。

隈　田浦にあったという伝説しか知らない（笑）。

養老　建物と敷地は昔の海軍の水雷学校だったところですよ。終戦後にＧＨＱ（連合国軍総司令部）が三つのキリスト教団体に施設を与えたんだけど、それがカトリックのイエズス会と、聖公会と、あとプロテスタントの一派だった。だから栄光学園が大船に移転した後は、自衛隊に土地を返したんですよ。

隈　今は自衛隊が使っているんですか。

養老　そうです。母校訪問だと言って勝手に行くと怒られるよ。かつての学校敷地の写真では、裏に防空壕《ぼうくうごう》みたいなものも見えるし、もう、いろいろなものがありましたね。学校で使っていたのは古い建物の一部で、敷地には瓦礫《がれき》がそのまま残されているの。で、それを片付けるのが我々なんです。年に一度、秋に草むしりをやらされましたよ。そうすると、エゾカタビロオサムシというのが出てくるんですよ。みんながそれを僕にくれて。

隈　当時から虫好きは有名だったんですね。

廣瀬　でも、先生の昆虫好きは栄光に入る前からでしょう。

養老　だいたい二～三歳のころからだからね。

今ね、京都の舞鶴《まいづる》へ行くと、田浦にあった栄光と同じ建物を見ることができるんですよ。あと、東京の目黒にある自衛隊の幹部学校。あれも建物が同じで、僕には懐《なつ》かしいんですよ。

隈　ああ、当時の軍の標準設計ですね。同じ規格で建物が作られたわけです。軍の建物は一つひとつ個性なんていらないから。

養老　そうそう。だから僕はあろうことか、戦後に軍の標準設計の中で育つことになった。

隈　大船の栄光の校舎は、ブンガルテンという名のドイツ人神父が設計したものでした。僕らのころ、彼は英語を教えていましたが、布教に来ていた神父たちは、それぞれいろんな専門を勉強していた人たちだったんですね。

――ドイツ人の設計でカトリックの学校ということだったら、カッコよさそうな建物ですね。

隈　いや、単に機能的な設計でした。「エの字型プラン」といって、真ん中に軸線があって、そこから中学、高校が分かれて「エ」の字になる。エイコウの「エ」という説もあったけれども。

廣瀬　中学、高校の並びも、一階から順に一年生、二年生、三年生で、まあ何も考えていないというか。

隈　ある意味、すごくドイツ人的な設計。

廣瀬　機能的といえば機能的ですけどね。

隈　そもそもイエズス会の原点が十字軍に連なる軍隊的なものですから、建物に余計なものはいらないという考え方なんですよね。

栄光学園は校舎の建て直しを進めていて、僕が設計案の審査委員長を務めたんです。建築家たちが提案するいろいろな案に対してイエズス会の神父たちがどう反応するか見ていたら、カッコいいプレゼンテーションには何の興味も示さないんですよ。「修道院風です」とか「ヨーロッパ風です」とかいうことには、針が全然振れない。

――カッコよかったり、セクシーであったりはだめなんですか。

隈　そうなんです。質実剛健で機能的じゃなければだめ。イエズス会って今の時代でも感覚が軍隊なんだなと、ちょっと感動しました（笑）。

廣瀬　とはいえ、僕らが通っている時は宗教色はほとんど感じなかった。礼拝とかキリスト教の時間とかはないし、僕は信者でもなかったし。

隈　強い人間を育てることが自分たちキリスト教にとって必要だというのがイエズス会の原理とミッションでしたよね。「……メンス・サーナ・イン・コルポレ・サーノ（健全な精神は健全な肉体に宿る）」とか言って、真冬でも上半身裸で走らせた。みんなをキリスト教徒にすることは全然目的じゃなかった。

養老　僕が通っていたころはまだ卒業生も出していないし、訳の分からない学校でしかなかったですね。受験校になるのは大船に行ってからなんですかね。

隈　僕らのころはすでに受験校でしたね。

養老　お二人は若いからご存じないかもしれないけど、僕が大学生の時に、下に続く団塊の世代が猛烈な勢いで学生になっていったんですよ。その辺からですよね、受験競争が厳しくなったのは。僕は学生時代に東大の学生を集めて、鎌倉で塾みたいなものをやったんだけど、それが年々盛んになって。最初は奉仕だったんだけど、儲《もう》かるようになっちゃった。

――そんな学生実業家の時代があったんですか。

養老　あのまま続けていれば、たぶん駿台とか代ゼミに匹敵する予備校になっていた。

隈　養ゼミですか（笑）。

養老　道を間違えたよね。で、田舎の男子校の問題は、女性に対して幻想が強くなるということですよ。

廣瀬　でも、僕らの時は近くに清泉女学院があったんです。ただ望遠鏡じゃないと見えないような距離感でしたけど。

隈　清泉の女学生と接触がないように、清泉はバス通学が規則で、栄光は絶対にバスには乗っちゃいけないと言われていました。

廣瀬　なぜか先生だけは乗っていいのね。

隈　隔離政策、アパルトヘイトですよ（笑）。

廣瀬　しかも道が未舗装だから、雨の日なんて大変で、学校に長靴を洗う場所っていうのがありましたよね。

隈　中高生男子が長靴を履かなきゃ上がれないような急な坂なんですよね。大船の駅から歩いて二十分近くありました。

養老　田浦の時は湾をぐるっと回って駅から合計四十五分くらいだよ。まあ平地だけどね。
　僕が今、歩くことが何でもないのは、あそこに毎日通ったおかげでもある。だから僕の主張は「小学校の学区は歩いて三十分以上の遠いところにしろ」ということ。今の子はそれをやらなきゃだめだよ、もう。

隈　栄光は精神的にも肉体的にも「強い」というのが大事なことで、だから「中間体操」という時間がありました。

廣瀬　あれは養老先生の時もありましたか。

養老　ありましたよ。

隈　冬でも上半身裸になって、二限と三限の間に体操をするというのが、栄光の名物になっているんですよ。でもこの間、栄光の神父さんに「中間体操は世界中のイエズス会でやっているんですか？」と聞いたら、日本だけだって言っていた。

廣瀬　なんだそりゃ。

隈　神戸に六甲学院というイエズス会の兄弟校があるんだけど、そこが戦前に軍事教練で始めた習慣だということでした。栄光は戦後の設立だから軍事教練とは関係ないんだけど、六甲学院との縁で引き継がれたそうですよ。

廣瀬　僕らだってそんなものだろうな、と思ってやっていましたけどね（笑）。

――反抗する人はいないのですか。

隈　いっぱいいましたよ。その時間になるとトイレのブースにずっとこもっているヤツとか。

――勉強の方はどうでしたか。

隈　やっぱり勉強も、すごく詰め込むんですよ。ゆとり教育どころじゃない。

廣瀬　ただ学校で詰め込むから、塾に通うとか、家庭教師をつけるとかは、必要なかった。僕が影響を受けたなと思うのは、絶対評価が基準だったことです。とにかく「人と比較しない」という考え方で、学年で何位というような順位付けは決してしないんですよ。例えば前の学期に数学が八十点だったとして、それが今学期に八十五点になったら「向上した」ということで評価されるんですね。当時はあまり意識していなかったけれど、後になって振り返ると非常に特徴的な教育でしたね。

養老　僕は一橋大学で学長を務められていた阿部謹也さんと、もう少しちゃんと話をしておきたかったと思っているんです。

隈　阿部先生は二〇〇六年に惜しくも亡《な》くなられて。

養老　何でかというと、一橋の学長を六年間もされていたから、お忙しかったんですよ。最近、『近代化と世間』という阿部さんの本を朝日新聞出版が文庫にするというので、解説を書かされたんですね。それで『阿部謹也自伝』（新潮社）を読み直してびっくりしたんですが、彼は鎌倉のご出身で、僕より二つ上なんです。

廣瀬　そうなんですか。

養老　僕は昭和一七年に親父《おやじ》を亡くしているんですが、阿部さんも戦争中に父上を亡くされている。母親に育てられたというところが、まず同じなんです。

廣瀬　しかも鎌倉という同じ場所で。

養老　あのころ、駅前に明治製菓の店があって、そこで最後に食えたメニューが焼きリンゴだったんですよ。何しろ、ほかに何もない時代でしょう。その焼きリンゴがうまかった、という話が自伝には書いてあって、僕と同じ思い出が残っているの。

隈　阿部先生の「日本には『世間』は存在しても『社会』は存在しない」という問題意識から、日本世間学会が生まれましたよね。

養老　僕も世間とはどういうものか、という問題を別の方から考えていた。そのことも、まったく相通じるんですよ。さらに、彼は中学生の時にドイツ系の修道院の寄宿舎に入っているんですよ。そもそも司教さんになりたかった方なんですね。

廣瀬　まさしく栄光学園的な感じですね。

養老　そうなんです。だから、惜しいことをした、と今でも思っていて。

隈　栄光での評価基準は日本流とは違っていましたよね。日本の基準は他人との比較だけど、栄光では神と個人の関係の中での評価でした。

養老　決して世間ではないんですよ。

廣瀬　あれはやっぱりすごいですよ。例えば今、東大でも学生に「優」を与える時は総数の何%にしろみたいな基準を言われるでしょう。そんなことはナンセンスだと僕は激しく抵抗するんですが、多数派は上から順番に「優」は何%、「良」は何%とやりたがるんです。

——そのパーセンテージは誰が決めるのですか。

隈　いわゆる本部。

——東大も会社みたいになっているんですね。

隈　例えば建築学科の学生の場合、設計製図の課題はすごく大変で徹夜続きの作業になります。そういった大変な課題に取り組んで、ちゃんと提出してくる学生は、みんなすごく優秀なんですよ。だから全員に優を付けたいくらいなのに、その本部のパーセンテージに従わなきゃいけないから、学生はかわいそうだし、僕にも葛藤《かっとう》がありま す。

廣瀬 そういう方式とは無縁に、隣を見ながら何かをするのは意味がない、ということを教えてくれたのは、栄光のいいところだと思いますね。

キリスト教的価値観との折り合い

――養老先生はかねがね、日本人とキリスト教は折り合いが悪いとおっしゃっています。

養老 日本の世間に二つの基準はいらないということですよね。

――若い時にキリスト教的な価値観を浴びたことで、ご苦労されたことはありますか。

養老 苦労というか、考え方ですよね。これは自分じゃなかなか分からないんですけど、考え方は相当、影響を受けているんじゃないですか。キリスト教的な考え方に合う、合わないというもとの性質はあるとは思いますけど。だって僕は日本の世間とは、もともとあまり合わないじゃないですか。

――ご自分で自覚されている。

養老 二十年ぐらい前かな。「人体の不思議展」が催された時、主催者の日本人と標本を作っているドイツ人が揉《も》めて、僕が仲裁役になったんですよ。その時に向こうの人たちに英語で手紙を書いたら、「こいつはヨーロッパ人よりヨーロッパ人らしい考え方をする」と言っていたそうです。

――情ではなく論理で行ったということですか。

養老　僕は当事者の感情を書くのにも、どうしてもロジックで書くようになる。そうすると、典型的なヨーロッパ風になる。栄光の教育では、ヨーロッパの思想が日本という違う風土に入った分、もっと純粋化されている。もともと理屈っぽかったんだけど、それに拍車をかけられてしまった感じですね。

――横須賀にありながらも、アメリカンではなくヨーロピアンだったんですね。

隈　栄光の教育は、完全にヨーロピアンですよ。だから僕も自分の建築をプレゼンテーションする時は、日本よりもヨーロッパの方が断然やりやすい。

養老　そうでしょう。

隈　日本だと審査員の顔が気になって気になって（笑）。審査員って学者もいるし、行政の人もいるしで、いろいろ混じっているじゃないですか。それぞれの顔からいろいろなメッセージが伝わってきて、何をしゃべっていいのか分からなくなってきちゃう。だから、もぞもぞ、もごもごしちゃうんです。

廣瀬　でも、あまりにクリアにしゃべる人も、日本では「嫌なやつだ」となりますよね。

隈　そう。だから、もぞもぞ、もごもごに拍車がかかる（笑）。ところがヨーロッパだと、ストレートにバンバンと言えて、気持ちよくしゃべれますね。まあ、顔を知らない同士だからでしょうけど。ともかく日本のプレゼンは本当に苦手です。

――アメリカとヨーロッパとの違いはありますか。

隈　ヨーロッパの方が論理がシンプル、単純です。アメリカは寄付というシステムが入ってきていて、プロジェクトにお金を出す人というのが絡《から》んでくる。その人にすごく気を使わなきゃいけないから、こっちが磨《す》り減っちゃいます。

養老　それこそ顔色を見ないと。

隈　アメリカは完全に金融経済が主導で、建築も金融商品の一部みたいになっているんです。公共建築ですら変な経済システムに支配されています。ヨーロッパだと建築は基本的に、それを求めるコミュニティ（地域の共同体）のために、「何が正しいか」ということをストレートにしゃべればいいので、健全な気持ちになれます。

養老　ヨーロッパとアメリカの違いで言うと、アメリカ人は、できるヨーロッパ人の前では、必要以上にコンプレックスを感じるみたいね。逆にヨーロッパ人は、そういうコンプレックスをあまり感じない。その意味では、アメリカ人の方が単純で素直で、スレていないところがあるんですよ。「参りました」みたいな感情が態度に出ちゃう。でもヨーロッパ人は、「参りました」とは決して言わない。まあ、これは学問上の話ですけどね。

廣瀬　ヨーロッパの方が多様で重層的な社会だからじゃないですか。多様だから、「できない」ということもあって当たり前だし、恥じることでも何でもない。

隈　ヨーロッパ人は、「一応あっちが勝ったけど、実は俺の方が正しい」とそれぞれが思っていますからね。コンペで負けても全然めげない。自分が正しいと思える場所を心ひそかに持っているということは、今の世の中では貴重なことだと思います。

廣瀬　栄光学園にいた神父さんたちも、いろいろな国から来ていたので、そういう価値観が教育にも入り込んでいたと思います。ほら、野球をした時、ヒットを打って三塁の方に走ったという校長の逸話があったじゃないですか。

——どこの国の人でしたか。

廣瀬　ヨーロッパですね(笑)。ドイツでしたよ。

——……いくら何でも、ちょっと知らなすぎませんか。

廣瀬　いや、だって、野球というスポーツがメジャーなのは日本とアメリカだよね、という話で（笑）。

――神父さんでも個々の価値観があって、自分が正しいと思える場所を持っている。だけど、みんな同じ神様を信じている。そのことに矛盾は発生しないんですか。

養老　学校ではそこまでは立ち入らないですよ。ただ、公立の学校と比べたらルールはめちゃくちゃきつかったですよ。外見的に縛ることで、中身の自由を担保するという感じでしょうか。

――いわゆる「自由と規律」ですか。

養老　それって今の人が気付いてないところじゃないでしょうか。外側を自由にしたら中も自由になるとか、勝手に思い込んでいるんじゃない？　実は全然違うんだよ、それは。

「お前らは必ず死ぬ」

――隈さんは高校生の時にイエズス会修道院の「黙想の家」に行かれたご経験がおありです。それこそ「規律と規律」のような世界ではなかったでしょうか。

隈　養老先生の時は、そういう行事はなかったですか？　東京の上石神井《かみしゃくじい》にある修道院で「黙想」という宗教的な行事を催していて、そこに同級生十人ちょっとで参加しました。二泊三日の間、まったく口をきいちゃいけないんですけど。廣瀬先生は知ってた？

廣瀬　いや、まったく知らないです。

――しかし、高校生がよくぞそんなストイックな会に参加しようと思いましたね。

隈　いや、もう怖いもの見たさで。

――青春の葛藤があったとか。

隈　そういうことではなく、「黙想はすごいらしいぞ」というウワサが同級生の間であったんです。

廣瀬　僕は知らなかったですね。

隈　で、実際、すごく面白かったんだよ。「ポカラの大木章次郎神父」という、ネパールで何十年にもわたって学校を作り続けている変わり者の神父さんがいらっしゃって、上石神井の「黙想の家」で説教をするんだけど、その内容がめちゃくちゃ怖くてびびっちゃうわけ。あんな迫力のある説教って聞いたことがなかった。怖くても人と口をきくことが禁じられているし、修道院の高い塀の中で世間とも完全に隔離されているから、いよいよ怖くなっちゃって。

――三日間しゃべらないだけでも、すっごくきつそうです。

隈　きついですよ。刑務所と同じだから。部屋は狭くてスチールの小さなベッドと小さな机が置いてあるだけ。そこで人と口をきくことを許されずに、神父から怖い話をずっと聞き続ける。

――すごい。養老先生の時にはありましたか。

養老　それはなかったですね。

――あったら、やってみたいと思われましたか。

養老　いやいや。でも、今の子たちだったら、スマホを取り上げるだけでいいんじゃないの？　しゃべってもいいけど、スマホは使っちゃいけないよ、とすれば、きっと一日と持たないと思うよ。

――神父さんがおっしゃるのは、どんなお話なんでしょうか。

隈　簡単に言うと、「お前らは必ず死ぬ」という話です。

――怖い。

隈　十代の日常に、死と向き合うことなんてほとんどないじゃないですか。そこに、死の話をがんがんされて、「ああ、俺、もう、死ぬんだ」という気持ちになる。でも、それはすごくいい教育だったと思います。

――自分の中に何かが湧《わ》いてきたら、どうするんですか。

隈　書いたり読んだりはいいんです。だから神父の話を聞いて、部屋に戻って、何かを書いたり、本や聖書を読んだり。その繰り返し。あと、庭を歩くのは許されているの。修道院は刑務所みたいに高い塀に囲まれているのですが、部屋で本を読むのに飽きたら、その塀の中の庭をぐるぐる歩く。

――ご飯はどうするんですか。

隈　ご飯の時も、もちろん口をきいちゃいけない。食堂へみんなで行って、食べて、また話を聞くわけ。今、思うと本当によく耐えられた（笑）。

養老　僕のころは、修道院の神父さんが勝手に学校に出てきて、授業をやっていましたね。

廣瀬　隈さん、ジョゼフ・コーザ先生って覚えていない？　英語の授業の時に、「日曜日に鎌倉の街を歩いていたらすごく面白い人に会ったから、ちょっと話をしてもらうことにしました」って全然知らない人を連れてきたことがありましたよ。

隈　コーザ先生には習ったけど、その変な人を連れてきたことは知らなかったですね。

廣瀬　栄光には面白い先生がたくさんいたことは事実ですよ。境野勝悟《さかいのかつのり》先生という国語の先生がいて、ある時「今、もしも百万円があったら何をするか」ということを、順番に答えさせたんです。当時の百万円ですから、高校生にとってはものすごい金額です。

――どんな答えが出ましたか。

廣瀬　だいたいみんな「貯金する」と言いましたね。そうしたら、真ん中辺ぐらいで先生の顔色が変わってくるんですよ。最後まで聞かないうちに怒りだして、「お前らの年で貯金するなんて、このバカヤロー！」みたいな話になって、途中で帰っちゃった。

――廣瀬先生は何と答えたのでしょうか。

廣瀬　僕は「鉄道模型を買う」と言いました。

――廣瀬先生のご自宅に境野先生をお招きして、「こんな家を建てちゃいました」と教えて差し上げたいですね。

隈　もはや百万円どころじゃないよね。

廣瀬　「自分の趣味で経済的合理性を逸脱したお家を建てちゃいました」って言ったら感心していただけるかな。

隈　美術の小笠原先生も面白い方でしたよね。横浜国大の建築学科の出身で、だからそもそもアート畑の先生じゃなくて、スケッチなんかもすごくドライで、僕から言わせると建築的で構築的な感性だった。
廣瀬　小笠原先生は絵の話に限らず、とにかく話が面白かった。細かい技術的なことはあんまり言わず、ただ、「よく見て描け」と。
隈　光と影の話をされていましたよね。顔の輪郭は光と影の関係で、強くなったり弱くなったりするという話は、目からウロコでした。
廣瀬　ヨーロッパ的ですよね。
隈　ヨーロッパの美術って、基本的には幾何学から始まるわけです。人間も服のような表面にあるものを描くんじゃなくて、裸にしたところから描き始める。構造と表面という考え方があって、構造が分からなければ人間を理解したことにならない。そういう建築的なアプローチが小笠原先生にはありました。
――受験用の授業ではなかったんですか。
廣瀬　だって僕らの組の日本史なんかは、鎌倉時代で終わったんじゃないかな。熱を入れて平安時代をやっているうちに、どんどんと延びていくから、教科書が終わらないだろうなと思ったら、やっぱり終わらなかった。
――受験はどうされたんですか。
廣瀬　受験はしましたけど。

――いや、それは存じていますが、それぞれご自身でカバーされたんですか。

廣瀬　僕は駿台の模擬試験を受けていました。

隈　駿台の模擬試験は、みんな勝手に受けに行くけど、別に塾とかは行かないんだよね。

廣瀬　夏休みに特別講習みたいなのはあったような気もするな。それで、なんと高校三年生の夏休みに修学旅行に行くんですよね。

隈　その方がみんなの気分が変わっていいだろう、ということで。

――今のご時世からすると、隔世の感がありますね。

隈　あの時は、勉強ばっかりしていたらだめだから気分転換に修学旅行に行こう、と。

廣瀬　しかも一週間だった。

――ますますもって隔世の感が。

隈　今も続いているかどうかは不明です。

――行き先はどちらだったのでしょうか。

廣瀬　寝台列車の「あけぼの」に乗って東北へ。

――東北のどの辺だったのですか。

廣瀬　恐山《おそれざん》に行きました。

――出たっ。

隈　やっぱりここでも死を考える（笑）。

廣瀬　あの行き先は誰が考えたんだろう？

隈　先生が考えたんだろうけど、よくあんなところに連れて行ったよね。

死に方を考えるのはくだらない

養老　栄光にはそういう変わったところがありましたね。僕の時も教わった先生の国籍を数え上げただけで、めちゃくちゃですものね。体操の教師はハンガリーとチェコでしょ。そこにブラジルやメキシコもいて。

――みんな、イエズス会の神父さんだったのですか。

養老　そうですよ。

廣瀬　僕らの時は、レデスマ先生というスペイン人の神父さんがいらっしゃいました。生物の先生だったんですけどね。四百字詰めの原稿用紙があるでしょう。あれ、一マスに一文字を入れるということは常識じゃないですか。レデスマ先生の試験で「五十字以内で書け」という問題が出たんですが、誰もその字数内で解答できませんでした。

後で模範解答が張り出されたんですが、最後の一マスに三文字が入っているんですよ。

隈　それが模範解答だ、と。

廣瀬　先生がそこに三文字入れちゃだめだろう、って（笑）。

隈　レデスマ先生はいろいろな解剖の写真を僕たちに見せて、「命あるものは、結局、死ぬ。君たちもじきに死ぬ」ということを繰り返し強調していました。人間の死体も平気で見せて、すごかったよね。生物って、考えてみたら死を扱う学問なんだよね。僕らは十代のころからそういうことを突き付けられたけど、今の子供たちは死の世界から遠ざけよう、遠ざけようとされている。

養老　とにかく日本人は戦後、「死ぬ」ということからずっと隔離されてきたから。

――　おっしゃるように、誰ともしゃべることができない環境で、自分が死ぬことを考える経験は、一度しておいた方がいいのかもしれません。「黙想の家」に十人の高校生男子が入って、逃げ出す人はいなかったんですか。

隈　塀が高かったから（笑）。高い塀がめぐらされている中に、小さな入り口がぽんとあるだけ。内側に足を踏み入れた途端、違う世界にいるような感じがしました。まるで村上春樹の小説みたいだった。

廣瀬　今のご時世だと、「黙想している人が、もう嫌だと言ったら、すぐに解放しないといけない」みたいな条項も付けられているんじゃないですか。今って他人の責任を問う声が大きくなっているでしょう。だから「死んでもいいです」といった誓約書を書かすことも少なくなっているんじゃないかな。

――廣瀬先生は、そんな誓約書を書いたことがおありなんですか？

廣瀬　つい最近、書きましたけど。鉄道では結構ありますよ。

――テツ関係で？

廣瀬　例えば富山の立山連峰のところに常願寺川という川があって、そこの上にダムを造っているんです。そこに小さなトロッコ鉄道が走っていて、それに乗っていく。そのトロッコは国土交通省の持ち物なんですが、乗る時に「事故が起こっても責任は問いません」という一筆を、立山の砂防事務所に入れさせられるんです。

――で、廣瀬先生は、何のためにそこに？

廣瀬　それは面白いから。

養老　女性は「何のために」という質問をよくしたがるんだよ。それを問うから、世間がつまらなくなる。面白いから行くのであって、だから当然、自己責任だよね。

廣瀬　はい、自己責任で。山の上にはクマンバチがたくさんいて、刺された場合は命の保証はしませんよ、とか、いろいろ注意事項が書いてありました。

――怖いじゃないですか。

廣瀬　うん、上にすごくいい温泉があるんですよね。

――その温泉に入りに行ったんですか？

廣瀬　いや、だからそういうノリというか……細かい話はもうやめにします（笑）。

――養老先生も命の危険があるところに、虫を捕りに行っていますよね。

養老　勝手に行っていますね。入っちゃいけない場所に、そっと入っています。これは秘密ですよ。

――隈さんは常々、死に方はル・コルビュジエにあやかりたいとおっしゃっていましたね。

隈　七十七歳の時に海で泳いでいて、心臓発作で。僕も泳ぐことが好きだから、そういう死に際《ぎわ》がいいな、というところはあります。

――養老先生には理想の死に方はありますか。

養老　死に方を考えるほど、くだらないことはない、と、それはもう考えないことにしていますから。だって、考えているうちは生きている。だいたい結論は簡単ですよ。俺が死んでも俺は困らねえ、と。

隈　人は困るかもしれないけど、自分は困らないですもんね。

――隈さんは生きているうちから、そうだったりして。

隈　ははは。

養老　だいたい、みんな毎日、意識をなくして眠っているんだからね。それと同じことでしょう。

――廣瀬先生の「メメントモリ（死を想《おも》え）」は何ですか。

廣瀬　僕は養老先生に近いかもしれない。

――鉄道模型のコレクションが惜しい、とか執着はありませんか。

廣瀬　あ、それはありますよね。でも、死んじゃったら見られないもんね、もうね。

――万が一のために、「鉄道模型はこうしてくれ」みたいなものは書いておられますか。

隈　養老先生の箱根の別荘に託してくれ、とか（笑）。

廣瀬　養老先生も膨大なコレクションがおありですよね。あれはどうなさるんですか。

養老　「俺が死んだらゾウムシはお前が持っていけ」みたいに、知り合いに言ってありますよ。大勢がいるところで宣言してやった。ただ、ゾウムシの場合は、見せたって誰も喜ばないんだよね。そもそも小さくて「これは虫ですか」なんてバカなことを聞かれる。説明するにしても、顕微鏡で拡大しないといけないから面倒くさい。

――養老先生のゾウムシは、箱根のお家ごと差し上げるべきだと思います。それで「バカの壁ミュージアム in 箱根」にする。今、流行《はや》りの社会貢献になります。

養老　自分の死後のことは、知ったことじゃないよ、としか言いようがないけれど、「誰かのお役に立てれば幸せです」ぐらいは言っておきましょうか。

（司会：清野由美）

廣瀬 通孝（ひろせ・みちたか）
東京大学名誉教授。バーチャルリアリティの先駆的研究で知られ、システム工学やヒューマンインタフェースなどの研究に従事。一九七七年東京大学卒業、一九八二年同大学大学院博士課程修了。工学博士。東京大学教授、東京大学大学院教授を歴任。『技術はどこまで人間に近づくか』『バーチャルリアリティ』『電脳都市の誕生』『空間型コンピュータ「脳」を超えて』『いずれ老いていく僕たちを１００年活躍させるための先端ＶＲガイド』など著書多数。

第六章　人が死んだ後も残る「舞台」が都市に必要だ

「空き家問題」で突き付けられたメッセージ

「日本人はどう死ぬべきか？」というタイトルで養老孟司先生とお話を重ねてきました。といっても、話題は四方八方に飛び、どこに「死」の話があるのかと怒られそうですが、その点はどうぞお許しください。

養老先生も僕（隈研吾）も、個人的な死については、さして大きな意味も怖《おそ》れも感じていないところが似ていましたが、担当の編集者からは、たびたび「死ぬのが怖い」という言葉を聞きました。生物としてそれは当然の本能だと思いますし、その怖れを否定する気持ちはまったくありません。その中で一つ、気が付いたことがあります。人というものは、「共同体の中で死ぬ」ことで、死の恐怖を乗り越えてきたのではないか、ということです。

戦後の日本社会は、昔ながらの共同体を地域や村ではなく「会社」に代替し、「サラリーマン社会」という新しい共同体を生み出しました。サラリーマン社会は決してバーチャルなものではなく、その中で人々が日々、喜怒哀楽を感じながら生きている場所です。ただしそこは、生きている人間を縛っておきながら、最後にはほっぽり出してしまうところ、つまり、当初から一番肝要な死のシステムが欠落していた、いい加減な共同体だったのです。

戦後共同体のサラリーマン社会の中で生きてきた僕たちは今、「高齢化問題」というものに突如直面し、不安をかきたてられています。

建築を専門とする僕にとって、ある一つの強烈な現実があります。全国に「空き家」が増えているという、「空き家問題」です。『空き家問題』（牧野知弘著、祥伝社新書）という本に学術的な調査結果が出ているのですが、二〇四〇年の日本では家屋の四割が空き家になっているそうです。それを読んで、僕は背筋が凍る思いでした。日本人にとって、家の死が人の死より先に来てしまっている。僕らに対する最大のメッセージが、今、空き家から発せられているのです。

戦後の経済成長の時代に、日本人は「永遠に生きていける」という錯覚に陥り、その錯覚を基に、家を国中にばんばん建てていきました。住宅ローンという、生涯をかけた巨大な借金については、シビアな実態よりも「あこがれ」で、みんなの目がくらみました。しかし、日本人に限らず人間というものは、永遠に生き続けることなどできません。

もともと災害の多い日本では、庶民レベルの家が永続性のあるものだという認識は乏しいものでした。少なくとも関東大震災前までは、家というものは厳密な耐震、耐火が施された頑丈なハコではなく、ある意味、いい加減に成立してきた仮の住まいでした。そこには、「生涯をかけたローンで家を買う」というユートピア的発想などみじんもありませんでした。しかし、関東大震災を機に、地震や火事といった災害に対する技術的な解決が注目されるようになります。昔の日本の木造は、いい加減なりに一つの「エコ・エステティクス」――生態系的に健全な美しくはかないもの――でしたが、皮肉なことに技術的な発達が、そのエコ・エステティクスを失わせる方向に働いたのです。

戦後はそこにアメリカ流のユートピア幻想が入り込み、日本の住宅地は、美しさと合理性を、ますます失うことになりました。

庶民に夢を抱かせ、家を作らせるということは、国家にとって、経済の浮揚に直結するし、浮揚した経済の維持にもつながるうまいシステムだったのです。住宅ローンという魔法をかければ、人々を「サラリーマン」という名の高等な奴隷《どれい》にすることだってできます。「家を持って、永遠の幸せを手に入れる」という庶民の夢は、こうやって戦後日本に移植されたアメリカ流資本主義の根幹のシステムに組み入れられて、日本経済を支えました。

何しろ、家を作らせるということが国家の至上命令ですから、過去の災害地であろうが、災害が予測される土地だろうが、どこでも宅地開発が可能になります。二〇一四年は自然災害が続いた年でした。例えば、台風による土砂災害に遭った住宅地は、山から扇状地が形成される地理的な過程の、まさしくそのただ中に立地していたと言われています。崩れることが予想される土地を住宅地にすること自体、本来は信じられないことですが、戦後の日本社会は経済成長というシステムの維持のために、そういうめちゃくちゃなことをしたわけです。

めちゃくちゃと言えば中国ですが、その極端な土地政策は、逆説的に僕らの参考になります。

一つは、都市戸籍と農村戸籍を厳密に分けて、人を都市に簡単に流入させないようにしていること。もう一つは、土地の個人私有を認めていないことです。

中国で新興住宅街がものすごい勢いで造成されているというニュースをご覧になっているかもしれませんが、あれは企業が開発を行った土地に建売住宅群やマンションを作り、所有権の分譲を行っているのです。中国の所有権とは、土地ではなく「上《うわ》物《もの》」の権利のことで、中国人はそれを一種の私有権と受け取っています。日本の一戸建てのように、個人が自分でデザインして家を建てるということは、中国の仕組みではあり得ません。

もちろん、これらの政策が優れているかとか、国民のためになっているかとかについては、まったく別の話です。ただ中国では、家を建てることができるのは企業であり、庶民にとって不動産の自由、つまり住む場所の自由は、いまだに与えられていない。土地の利用が許可制だということは、それによって、役人に大きな利権が発生するということで、中国ではそのようにして役人の権威と役得を守り、ひいては国家体制の維持に結び付けているのです。

土地の所有については、国によってさまざまなシステムの回し方があります。例えばイギリスでは土地の私有ができますが、価値の高い土地を広く所有しているのは、女王をはじめ王族や貴族の人たちです。

オランダでは、基本的には国が公共住宅を建てて、それを安い家賃で貸すというシステムをずっと続けていました。ところが最近になって、ついに企業にマンションを作らせて、それを分譲してもいいというシステムに変わりました。庶民に土地や家の所有を許す政策は、ある意味で「パンドラの箱」です。国家がいよいよ困り、財政破《は》ることなく開けました。しかし日本は、その「パンドラの箱」を、戦後すぐに、その危険を顧み「パンドラの箱」は、一度開けてしまうと、もう後戻りはできないところに恐ろしさがあります。しかし日本は、その「パンドラの箱」を、戦後すぐに、その危険を顧みることなく開けました。箱を開けただけではなく、扇状地だろうが崖地《がけち》だろうが川沿いであろうが、家を建てたいという業者がいればどんどん許可して、宅地事業で経済を回していきました。その成果が高度経済成長です。一方で、そのツケが百年も経《た》たない今、「空き家問題」として僕たちの目の前に具現化しているのです。

いわゆる住宅ローンというものを、世界で初めて運用した国はアメリカです。第一次大戦後の住宅不足の時に、国民の共産化を防ぐという名分で、国家の住宅局が編み出したのが住宅ローンでした。家で縛り付ければ、国民は保守化して国家に対して不満を言いださない、という強い動機が背景にあったのです。そして、それを第二次大戦後、一番優等生的に模倣し、推進したのが日本でした。

アメリカのように国土が広いところでは、それなりに安全な土地を選んで開発をする余地があるので、ある程度の有効性は見込めます。しかし日本のような狭い国土で、かつ地形の変化に富んでいるところに、アメリカのようなだだっ広い国土の政策をそのまま移植すると、最悪の結果を招きます。津波もあれば川の氾濫《はんらん》もあれば土砂災害もある。その代わりに、変化に富んだ地形の美しさや、四季折々の景観というものを愛しながら、僕たち日本人は暮らしてきているわけです。

極論を言えば、思いもよらない時に自然災害で死ぬということは、それこそ鴨長明の時代から受け継がれた、「日本人ならではの死に方」とも言えます。

復興のために建築家ができること

しかし、そのような概念的な解釈と、現実の人の生き死にはまた、全く別の次元にあります。

僕は今、東日本大震災で被災した宮城県南三陸町志津川地区の復興計画の、グランドマスタープランを担当しています。

「災害で死ぬのが日本人的だ、などと言うお前が何で復興計画なのだ」という声を遠くに聞きながら、これは現代の建築家が、現実主義的な方法でやらねばならないこととして、取り組んでいます。

それまでは、例えば災害復興地のグランドマスタープランというものは、土木コンサルタントという人たちが地味な絵を描いて、建築家は運がよければその一角に自己顕示的な「モニュメント作品」を建てる、という役割構造がありました。

そのような建築家のスタンドプレイと現実との落差は、経済成長期に一気に広がり、ネット社会の到来でいよいよ顕著になりました。その落差を埋めたいと思いながら、なかなか埋まらない、埋められない現実に苦しんできましたが、南三陸に取り組むことで、少しやり方が見えてきたところです。

僕が参加した時点で、志津川地区は市街地を十メートルかさ上げすることが決まっていました。南三陸町の暮らしは漁業が基本で、海のそばに住むことが、昔から普通のこととして住民に受け継がれています。その町が海から十メートル遠ざかるということは、町全体がある矛盾を抱え込むことになります。

その矛盾を解決するために、住むところは高台に移すけれども、日常的に海際《うみぎわ》に来られるような仕掛けをどう作ったらいいか。戦後日本を支えてきた土木的発想ですと、十メートルのかさ上げ部分をコンクリートで埋めましょう、ということになるのですが、僕はそこを、もっと「柔らかいギャップ」にしたいと考えました。具体的には、護岸に緑の植栽を持ってきて、ギャップの通路をウッドデッキにする方法です。

言葉にすると簡単ですが、そのような方法ですら前例がないということで、行政から理解を得られないというのがこれまでの日本でした。しかし南三陸では、町の人たちによる「まちづくり協議会」がこの方法を積極的に支持してくれて、それが宮城県からの理解にもつながりました。

とりわけ、災害の当事者である「まちづくり協議会」の人たちが、「初めて対話をする相手が来てくれた」と、僕のことを歓迎してくれたことは感激でした。そして、きちんと話を交わせたことは大きな収穫でした。まだこれからたくさん、大変なことは起こってくると覚悟していますが、コンクリート一辺倒の戦後日本から何とか抜け出した復興に、現在進行形で関わることができています。

鉄道は「時間」を引き受ける仕事

一方、復興の土地からまったく離れた東京でも、いろいろな再開発のプロジェクトに携わっています。中でも大きなものが、東急（東京急行電鉄）、JR東日本（東日本旅客鉄道）、東京メトロ（東京地下鉄）と行っている渋谷駅の再開発です。

復興地の計画が矛盾を引き受ける仕事であるのと同様に、東京という巨大な都市の再開発に携わることも、巨大な矛盾と対峙《たいじ》することになります。渋谷駅の建て替えでは、その相手が建築家として馴染《なじ》みあるデベロッパーではなく、鉄道会社であるということに、当初は危惧《きぐ》を覚えていました。しかし、実際に鉄道会社の人たちと話してみたら、認識が百八十度変わりました。

普通のデベロッパーは、例えばマンションだったら個々の部屋を売った時点で仕事は完了します。しかし、鉄道会社は仕事に終わりというものがなく、ずっと継続していく業態なんですね。鉄道は毎日毎日運行しなければなりませんから。それは、空間だけではなく「時間」を引き受けていることだし、さらに「死」を引き受けていることでもある。しかも「死」を超えた後にも、人々とちゃんとつながっていかなければならない。売り逃げ商売ではなく、責任を背負っているんです。

鉄道会社のように、地理的な軸と、歴史的な時間軸の両方を引き受けていかねばならない主体は、今の世の中では稀《まれ》です。

金融主導経済とＩＴ化の時代に突入した二一世紀のある時から、事業にかかわる人たちのメンタリティが、売り逃げ体質、株価至上主義に陥っていくことを、僕は肌で感じるようになりました。少し前までは、経済人のメンタリティに、人生の売り逃げなどという発想はなかったはずです。中でも鉄道会社はその典型と言っていいもので、株価が急激に変わって、売り逃げすれば勝ちだ、というようなこととは違う堅実な世界に、ずっと生きてきました。

ＪＲの人たちからは、「鉄道会社ってイメージがダサいじゃないですか。だから、駅の周りに住宅を作るにしろ、オフィスを作るにしろ、鉄道色を出さない方がいいんじゃないでしょうか」といった謙遜《けんそん》の言葉を聞きました。むしろ鉄道会社ということを表に出した方が今の時代はカッコいい。まったく逆です、と僕は言いました。

実は、僕が世界で一番好きな駅は、イタリアのベネツィアの駅です。ベネツィアのターミナルは、内陸を通ってきた列車が、海にばーっと張り出したところに突き進んでいって、終着となる。列車から降りて階段を下っていくと、そこから海と運河の街が開けています。

日本で言うと青森駅がいい。青森駅も海の突端に向かって鉄道が進んでいって、終着になります。さらに、かつては駅の端から青函《せいかん》連絡船に乗り換えることができました。別の世界へつながっているんです。

ターミナル駅とは、そもそも人生の節が寄ったところにある、どんづまりです。重い荷物を持って駅に降り立ち、そこから別の人生を始めようとしたり、そこで人生を終わりにしようとしたりする。そういう場所です。そこは生きる希望もあれば、死のにおいも感じる場所です。陸の終わりがあって、その先は海がある、という舞台設定は人の死生観をそのまま写し取るような場所なのです。

そのドラマチックな情景を、二一世紀の東京という時空の違う土地でも再現できればうれしいじゃないですか。

建築は死を超える

今、僕が手掛けている建築は、僕の死後も続いていくものです。

若い時は時間軸ではなく、「周囲のみんながこの建築をどう見るか」という目の前のことだけが、自分にとって最大の関心事でした。その焦点が、年齢を重ね、経験を積む中で変化し、「後の世界がこの建築をどう見るか」に移ってきたことを、自分自身で歓迎しています。だんだんと時間が相手になってきました。

第五期の歌舞伎座《かぶきざ》の設計はまさしくそのような仕事でした。建築の設計に即効性の効果を求めるのではなく、自分の頭の中で長期的な効果を想像しながら作っていくことは、楽しい。それを発見しています。

若い時、僕は吉田健一の書いた『ヨオロッパの世紀末』(岩波文庫)にあこがれましたが、世紀末と、建築を設計する行為は結び付いていませんでした。

そもそも吉田健一に惹《ひ》かれたのは、彼の書くものが「死を前提にした生」だったたからです。彼の時間概念は、基本的には死を前提にしていて、そこに高校生の自分は魅了された。そのころの僕は、建築家になりたいと思いながら、「廃墟《はいきょ》に心惹かれる」などと口走っていたくらいですから。

その背景には、やはり自分の父親が年を取っていたことがあると思います。だいたい僕が父親を父親として意識するようになった時に、彼はもう六十歳を過ぎていたわけで、その前から「俺はもうすぐ定年で、うちは収入がなくなる。申し訳ない」「お前たちを残して早くに死ぬだろう。さようなら」などと、さんざん脅かされていました。

子供のころからそういうことを言われ続けると、死を自分の中でどう受け止めたらいいのか、葛藤《かっとう》が生じます。そういう時に吉田健一に出会い、ああ、こうやって受け止めればいいんだな、と僕はかなり救われました。「こうやって」の中身は、ヨーロッパ的な時間概念。ヨーロッパ的な死を前提にした演劇性です。

僕が若いころにあこがれた世紀末の時間と空間が、みずからの建築手法と一体化し始めたのは最近のことです。

パリに事務所を持って、ヨーロッパに頻繁に行くようになったこととも関係しているのでしょう。ヨーロッパでは、建築を作る時に、地域の市民たちへのプレゼンテーションを建築家が行います。初めはどんな反対に遭うんだろう、と戦々恐々でしたが、取り組んでみると、非常に面白い文化イベントだということが分かりました。もちろん建築が環境に及ぼす影響などは鋭く指摘されるんです。でも、それは建築と建築家に対する攻撃の場というより、死んでいく僕らが、次の世代のために行う、演劇の舞台作りの一環なのです。その舞台に僕も上がるし、市民の人たちも上がる。そこで交わされる会話も、ぎすぎすしたものではなく、ヒューマンな楽しいやり取りになります。

なぜ、そのような演劇が可能になるかというと、大昔から建築家という存在が、ヨーロッパの石の街造りを担《にな》ってきて、建築家はみんな死んでも、街だけは残っていたからにほかなりません。ヨーロッパにおいて建築というものは、百年、二百年は当然持つものだという前提があります。都市なら都市、村なら村と、それぞれ継続性のある舞台があって、人は死んでも舞台だけは残り、長い時間にわたって存在し続ける。

その舞台の上で、自分という役者がこの短い期間だけ劇をする。とりあえず出演して踊るけど、次はまた別の役者がちゃんと登場して踊る。その継承性というものは、人間にとって根源的な安心につながります。その安心感こそ、文化、文明の本質と言うことができます。

日本、特に東京に住む知人は、死ぬことが怖いと言います。まあ、誰にとっても自然で当たり前の感覚ですが、死を過剰に怖れるということは、東京に人が生きる舞台が失われているからじゃないかな、とも思います。

土地や記憶を継承することなく、再開発にしても、その効果の検証をするひまもなく、バーチャルなお金を回転させるために次々と地面を更新していく。その薄っぺらな様子を見ると、自分が死んだ後もこれが続くのかと怖くなる。全然安心できない。

余談になりますが、公共建築を作る時は、日本でも市民との対話の場が設けられますが、その様相はヨーロッパとはずいぶん違っています。議論というよりも、事業者を吊《つる》し上げる場のようになって、最後に互いの人格否定のようなところに行き着く。それで、政治家の「結局、金目当だろう」というような発言につながっていくんです。あのつらい感じは、死んだ後でも生き続ける舞台を失っていることと関係あるのかもしれません。

もう一つ余談になりますが、アメリカで言うと、彼らにとってはプレゼンテーションの場はファンドレイジング（基金の立ち上げ）の場になります。プロジェクトの説明をすると、その場で「だったら僕は百万ドルを出しましょう」といった具合に、すごくプラクティカルな働きかけが起こる。要するに、アメリカではマネー主義の演劇が、ちゃんと成立しているわけです。寄付をすることで、死から逃れようとするのがアメリカ人です。同じ舞台でも、地域が変われば演じる役者が違うということを、比較文化論的に僕は面白がっています。

「舞台」があれば死は怖くない

冒頭で僕は、共同体があれば死は怖くないと言いました。人は生きる舞台があって、その舞台の継続性がちゃんと保証されていれば、それほど死を怖れることはなくなるんじゃないでしょうか。世界史の中で見ても、都市というものは、そのような舞台であったし、個人の死を超える生き方を探るために、王様や皇帝は街を作ってきたのです。

その都市が、人が踊っていて恥ずかしくない舞台であって、それがちゃんと継続しているという保証において、ヨーロッパは先を行っています。死というものを飼いならしているんですよね。

でも、日本人だって、もともとはそういう感性を持っている人たちだったはずです。例えば「能」という芸能は、まさに死をテーマにしている。死者が舞台に現れて、

「あれもしたかった、これもしたかった」みたいなことを言って、それをみんなで「うんうん、そうだよね」とうなずきながら観《み》ている。

京都には、そのような継承性がかろうじて残っています。戦前は日本国中、いたるところに京都のような古い都市がありましたが、戦争中の爆撃で、みんな破壊されました。都市や建築は、物理性の上に人の精神性をのせて、延々と生き続けます。日本人は、舞台の場を燃やされてしまった不幸を背負っています。物理的継続性は、都市を都市たらしめる非常に重要な部分です。京都だけが切断を免れ、街が保存された。その京都こそが、日本がアメリカに負けた「続きの光景」だということは、とてもさみしいです。

還暦を過ぎ、東京をはじめとして、そのような歴史の時間軸を引き受けるプロジェクトが僕のところに来たのは、自分が死を迎える前の段階としてありがたいと思います。プロジェクトの取り組みについては、やる気満々です。ということで、最後は全然死ぬ話になりませんでした（笑）。死ぬ話をすると、基本的に「ますます生きて、ますます作りましょう」という結論になるんです。死を語って、ますます生きましょうというのは、養老先生との対談の締めとして、非常に適切なことだと思います。

第七章　これからの日本人の死生観

二〇一九年から世界各国で猛威をふるう新型コロナウイルス。日本でも多くの人が感染し、そして亡《な》くなりました。新型コロナの流行は、日本人の死生観にどのような影響を与えたのでしょうか。コロナ後の日本社会は、いかなる方向に向かっていくべきなのでしょうか。

新型コロナによる感染が続いている二〇二二年一月、二人が語り合いました。

新型コロナで巨大化した三人称の死

養老　たくさんの人たちから「新型コロナによる変化」について聞かれるのですが、僕はそんなに大きな変化は起きていないと思っています。ただ、それまでの傾向がより顕著になったという事柄はたくさんあります。死生観もその一つですね。
第一章で、一人称の死（自分の死）、二人称の死（家族を含めた知り合いの死）、三人称の死（赤の他人の死）と説明しましたが、三人称の死の最たる例が、交番の「昨日の交通事故死者●名」という看板です。人が亡くなった悲しい知らせのはずなのに、この看板を見て涙を流す人はまずいません。ここでは、死は単なる数字に置き換えられてしまっています。亡くなったのが若者なのか老人なのか、どんな人だったのかがわかれば、その死に想像力を働かせることができますが（二・五人称の死）、数字だけでは実感が湧《わ》きません。ニュースで伝えられるコロナの死者数も、交番の看板の交通事故死者数も、根本は同じですよ。ただ、規模が大きくなっただけだと思います。

隈　新型コロナによる死者数が増加していくと恐怖も増していきましたが、数が多くなればなるほど、亡くなった方一人一人、個人としての死はイメージしにくくなっていきましたね。

養老　そもそも死生観と言っても、日本では世代によってまったく違うんですよ。僕は八十四歳ですが、僕より少し上の九十代の人たちが十代〜二十代の時は、みんな「死ぬのが当たり前」だった。戦場で戦死するか、本土で空襲で死ぬか、いずれにせよ「どうせ死ぬ」と思っていたんです。

それが一変したのが、一九四五年八月十五日でした。「死ね」と言われていたのが百八十度変わって、「死んではダメ」となった。そして、戦後生まれの人たちは平和の中で育ち、人間は「生きるべき存在」となった。だから、同じ日本人でもまったく異なる死生観を持っているんです。

隈　僕は、養老先生より十七年あとの一九五四年に生まれた戦後世代です。だから、生まれた時には、死はすでに遠い存在になっていましたね。それが、3・11の東日本大震災の地震や津波により、死は急にリアルなものになった。東北には僕が設計した建物もありましたし、震災の三週間後には被災地に入ったんですよ。知っていた景色が一変して、違う世界に来てしまったようでした。あまりの惨状に体が震えましたね。

でも、あの3・11で感じた死でさえも、今考えると、コロナに比べたらどこか「他人事」だったのかな、という気もします。被災地では死が身近にありましたが、自分自身が死ぬとは思わなかった。でも、コロナは違います。初めて、自分自身の死に向き合ったんだなと感じました。

養老　現代の日本では、医学的に「人は死んではいけない」ことになっているんですよ。医学は、人の命を助けるためのものです。だから、死なないようにさまざまな治療や処置を行います。戦後、医療技術が進み、かつては救えなかったような命も助かるようになりました。そして、死はどんどん遠ざかっていったんです。

でもこれは、戦後の日本が平和だったからです。戦争や災害などの非常時には、トリアージといって、患者に優先順位をつけて、助かりそうな人たちから治療していき

鎌倉・旧小林秀雄邸にて（2022 年 1 月 8 日）

ます。そして、心肺停止状態だったり、手を施しても救命の見込みのない人たちは、そのままにされる。限られた医療資源を効率よく使い、一人でも多くの人を助けるための選択で、戦時医療とも呼ばれます。

隈　今回の新型コロナでも、ヨーロッパなど海外ではトリアージが行われている様子が報道されましたね。医療とは「全員治療するのが当たり前」と思い込んでいましたが、特別なことだったと痛感させられました。

養老　平和な社会と医療の進歩により、戦前や戦中とは打って変わって、戦後の日本では人間は「死なない存在」になった。高度経済成長の恩恵で、経済的にも豊かになりました。ところが皮肉なことに、こんな恵まれた状況になると、今度は自殺が増えてきたんですよ。

隈　海外と比べても、日本の自殺率は高いですよね。

養老　前から思っていたんですが、日本人の自殺率が高いのは、攻撃性が自分自身に向かってしまうからでしょう。日本での殺人率は海外に比べて著しく低く、人口当たりの殺人事件の件数は、世界でも稀《まれ》に見るほど少ないし。

隈　日本人の場合、他人ではなく、自分を攻撃してしまうということなんですね。コロナが続くなか、自殺者が増えているのも気掛かりです。

養老　二〇二〇年の自殺者は二万一〇八一人で、前年より千人近くも増えました。二〇一〇年からは減少傾向が続いていたのに、ふたたび増加に転じてしまったんです。特筆すべきは、小中高生の自殺者数が、調査を開始した一九七四年以降で最多だったということです。子どもたちが、生きることに意味を見出《みいだ》せなくなってきているのかもしれない。

箱に押し込められ、縛られてきた日本人

隈　二十〜四十代の働き盛りの世代でも自殺者が増えました。増加の理由として、コロナによる死の恐怖がストレスになったからだなんて声も聞きますが、僕は、ステイホームやリモートワークによって、職場に出勤しなくてよくなったことが大きく影響していると思うんです。

これまでの日本人は、「箱」に押し込められることに「ある種の幸せ」を感じてきました。会社という箱の中で、仕事による成果を出すことに喜びを見出してきた。そして、東京都心に乱立する超高層ビル、つまり大きなコンクリートの箱で仕事をする人たちが一番のエリートだとされてきました。自然とかけ離れた人工的な空間で、箱

に閉じ込められることがステータスだったんです。

でも、リモートワークによって箱に来るなと言われたとたん、その人たちはどうしたらいいかわからなくなってしまった。これまで築き上げてきた自分の中の価値基準が失われてしまったんですよ。こうした人たちは、箱の中の競争にばかり時間を費やし、箱の外で時間を使うなんて無駄なことだと考えてきた。だから家にも居場所はないし、何をしたらいいのかもわからない。いわば基礎体力がない状態でいきなり箱の外に放り出されて、精神的に参ってしまったんだと思うんです。

養老 職場に行って、上司、部下、同僚、取引先というように、人間同士のことばかりに集中してしまうのがよくないんですよ。人との付き合いは、ほどほどにする。みんな、僕みたいに虫でも採ればいいんですよ。人半分、自然半分がちょうどいい。そうすれば、箱の外に出たってだいじょうぶなんです。

隈 日本では、フリーランスの割合が低いと言われますよね。アメリカでは三割以上の人がフリーで働いていますが、日本では一割未満じゃないでしょうか。みんな、「会社勤めはつらい」って言うのに、日本人のほとんどは、誰かに雇用されている「サラリーマン」なんですよ。こうした「サラリーマン」こそ、まさに箱に閉じ込められた人たちなんです。この数字を見ると、日本人って本当に箱の外にいることを怖がる人種なんだな、と思いますね。

養老 僕は五十七歳のときに東大を退官し、ようやく箱の外に出られました。

隈 うちの事務所ではないんですが、「リモートワークによって会社に行く機会が減ったら、会社への〝愛社精神〟が薄くなった気がする」という話を聞きました。これは、あながち嘘《うそ》じゃないと思うんですよね。空間って、人間の認識にこわいぐらいに大きな影響を与えるんです。それまでは、会社がお金を出して作ってくれたビル、箱の中にいさせてもらえた。だから、会社に貢献しようという忠誠心も生まれた。

養老 でも、リモートワークによって、会社に来なくていいと言われてしまった。

隈 人間て、空間に騙《だま》されやすい生き物なんです。ヒットラーは建築に力を入れましたが、それは自分が作った物語、フィクションを人々に信じさせるためだったからでしょう。会社という箱も、社員にフィクションを信じさせる力があった。でも、箱から追い出されたことで、みんな虚構だったことに気づき始めた。

養老 それが、愛社精神の低下につながっているわけだ。

今こそ参勤交代の実現を

隈　僕自身は、箱に対して批判的に接してきたつもりでしたけど、今回の新型コロナで、そんな自分でさえも、じつは箱に対して従順だったんだということに気づかされました。

感染拡大が進むなか、急遽《きゅうきょ》うちの事務所でもリモートワークを導入したんですが、僕自身、家にいると、とても不安になってきたんです。だから近所を散歩する時間が増えました。僕でさえこんな状態なんだから、箱に対して従順で、箱の外に出る訓練をしてこなかった人たちは、もっとひどいことになっていたのでしょう。

そんなとき、養老先生が訴えてこられた「参勤交代」の必要性を実感したんです。先生は以前から、江戸時代の殿様が参勤交代によって江戸と自分の国を行き来したように、都市に住んでいる人は、一定期間地方に行くようにすればいいとおっしゃってきました。

養老　ずっと同じところにいると、一つの視点に慣れちゃって、別の視点から物事を見ることができなくなってしまいます。まさに、箱の中に押し込められた状態です。

参勤交代なんて言うと昔のことだと思われるかもしれませんが、複数の拠点を持つのは、海外ではけして珍しくはありません。ロシアの「ダーチャ」と呼ばれる別荘などは、よく知られていますよね。

隈　だからうちの事務所でも、参勤交代ができるような計画を進めているんです。リモート勤務になって都心にある職場に出勤しないでよくなったというのに、それを都内の自宅で行うのって、ものすごく不自然だと思ったんです。会社に行かなくていいのなら、都市を出てもっと自然に近いところで仕事すればいいんじゃないのかなって。人間って、自然と触れ合う環境に置かれると、箱という空間に騙されていたことに気が付くんです。そして、そんな人たちが何人か集まって仕事ができる場所を作って、そこと東京との間を行き来する生活を送れるようにしたらいいんじゃないかと考えて、地方にサテライトオフィスを設けることにしました。白羽の矢を立てたのは、北海道の東川町。ここに木造の事務所を建築中で、二〇二二年三月に完成の予定です。

養老　東川町って、旭川市の近くにある町ですよね。

隈　この町は、鉄道、国道、上水道という「三つの道」がないことを自慢にしているんです（笑）。鉄道、国道が通っていないのは本当なんですが、上水道がないというのは、大雪山の湧き水がそのまま蛇口から出るからなんですよ。これは絶対、体にもいいはずだと思いました。ここには、まず五〜六人のスタッフに行ってもらう予定です。また、沖縄にもサテライトオフィスを準備する計画が進んでいます。

養老 北海道と沖縄を押さえておけば、参勤交代としては完璧《かんぺき》だ（笑）。

隈 それでも内心は、「サテライトオフィスを作っても、スタッフは行ってくれるだろうか？」という不安がありました。ところがいざ希望を聞いてみると、想像以上にたくさんのメンバーが「行きたい」と手を挙げてくれた。

高温多湿の日本で、感染症を防いできた都市と住居

養老 日本各地には、サテライトオフィスを作れるところがたくさんあります。過疎《かそ》地《ち》だなんて言われる鳥取県や島根県も、ヨーロッパの人口密度と比べると同程度です。そういったところにどんどん出て行けばいい。そもそも日本の都市は、人口密度が高すぎるんですよ。

隈 ヨーロッパでは、むしろ過疎が普通なんですね。

養老 日本では昔から、人口が過剰な状態でした。当然、疫病《えきびょう》も流行しやすかったでしょう。しかも、夏は東南アジアと同じような高温多湿となり、ほとんど亜熱帯です。

つまり、病原菌の増殖にひじょうに適した環境なんです。
　こんなところでは、清潔にしないとあっという間に感染症が広まってしまう。日本人が昔からきれい好きだったのは、こういう理由があったからでしょうね。また、日本では家の中に入るときに履物を脱ぎますが、この習慣も、清潔な住環境を保つための工夫だったと思う。

隈　海外では、基本的に屋内でも靴を脱ぎませんからね。むしろ、そういう文化では、靴を脱がせることが、かなり暴力的だと捉《とら》えられるみたいなんです。
　僕がかつてベネツィアで展覧会をやったとき、会場内で靴を脱ぐという設定にしたんです。夜中まで会場設営して、ようやくホテルに帰って眠ったら、朝一で現地の人からクレームの電話がかかってきて「なんで靴を脱がなきゃならないんだ」ってものすごく怒っているんですよ。日本人にとっては、靴を脱いでもらうことは、寛《くつろ》いでもらうための気遣いとして理解されますが、海外では、まるで無理やり裸にされたような、暴力的なことだと感じられてしまったみたいなんですよね。このままじゃ警察沙汰《ざた》になるってくらいの剣幕だったんで、すぐに靴を脱いでもらうのをやめました。そして、日本人との身体感覚、清潔観の違いを強く感じましたね。

養老　ヨーロッパは人口も少ないし、乾燥していますから、日本のような感染症の予防策は必要なかったんでしょうね。

隈　そう言われてみると、建築の面でも、日本ならではの感染症対策があったように思えます。伝統的な日本の家屋は、とても開放的なんですよ。なるべく壁を設けないようにしてあるから、通気性は抜群です。仕切りとなる屛風《びょうぶ》は持ち運べますし、襖《ふすま》や障子も簡単に取り外せた。間口の狭い京都の町屋なんかも、風がよく通るから、すごく気持ちいい。高い人口密度のなかで、衛生状態を維持するため、さまざまな工夫が凝らされていたんですね。

一方、ヨーロッパの建築って、基本的に壁で区切ります。だから、感染症的なものにも、壁を作ることで対応してきたんだと思います。建築もロックダウン的なんですね(笑)。

養老　昆虫の標本を見ていると、ヨーロッパと日本との違いがよくわかる気がしますね。僕は、標本を箱の中に入れて保管してるんですが、日本では密閉するとすぐカビが生えちゃうんです。だから、風通しよくしておかないといけない。でも、ヨーロッパなら箱に入れておいても、カビが生えないんです。

隈　カビと言えば、昔から日本で造られていた木造平屋にヨーロッパ流の中庭を設けると、途端に家じゅうカビだらけになってしまうんですよ。日本とヨーロッパは、それだけ気象条件が違うんですね。

超高層だらけの日本の都市

隈　人工的な都市という箱の中にいることは、人間の心身に対して大きなストレスになるんですよね。昔の都市は、水平に広がっていました。それが今では、垂直的に広がり、超高層のオフィスビルやタワーマンションが乱立している。そして、そういう高いところにいる人が、「実力社会」で勝ち上がった「エリート」とされ、ヒエラルキーが目に見える形で示されるようになってきている。

この前オンラインで、ハーバード大学のマイケル・サンデル教授と対談したんですが、そのとき彼が「人間が建築を作ると、建築が人を作ってくれる」というイギリス元首相チャーチルの発言を引用したんです。だからこう尋ねてみました。

「人間が超高層ビルを作った。その結果、超高層ビルという箱に閉じ込められるのがエリートだという、今のような息苦しい社会になってしまった。超高層ビルという建築が人間を作り、縛っている。そして、そんな超高層ビルを作り始めたのはアメリカですよね？」

高層ビルが誕生したのは、十九世紀末のアメリカです。それまでのヨーロッパには、高層を作ろうなんて発想はなかったんですよ。

養老　目のつけどころが鋭いですね。サンデル教授はなんて答えたんですか？

隈　「たしかに、ニューヨークにはたくさんの超高層ビルが建てられた。でも同時に、セントラルパークという巨大な公園を同じ都市の中に作った。セントラルパークは、白人だろうと黒人だろうと、あらゆる人たちがコミュニケーションをとることができ、さまざまなイベントを開ける場所だ。超高層と同時にセントラルパークのような空間を作る国、それがアメリカだ」

って言うんです。なかなかうまい返しだなと思ったと同時に、じゃあ日本はどうだろうって考えたんですよ。そうしたら、「セントラルパークなき超高層」なんですよね。

養老　日本の息苦しさって、そういうところからも来ているんでしょうね。

隈　建築って、ものすごく強い「慣性力」を持っているんです。一回ある方向に押されて進み始めると、なかなか違う方向に行けなくなってしまう。現在は、超高層という力が働いてます。そして、いまのビルはひじょうに長もちします。そもそも超高層って、作るのはいいけれど、壊し方がまだよくわかってないんですよ。

そんな箱が都市にあると、人間はなかなか箱から抜け出すことができません。そして、そこで暮らす人間は、箱に押し込められることに、ある種の幸せを感じ続けてしまう。まさにチャーチルが言うように、超高層という建築が、人を作っていく。そして、超高層のある都市がスラムにでもなって滅びない限り、この慣性力は持続していくんです。もしかしたら僕たち人間は、ものすごく危険なものを作ってしまったのかもしれない。

自然と共存する、これからの日本の都市と暮らし

隈　新型コロナは、建築の歴史にとっても大きな影響を与えるのではないかと思っています。今回の大流行は、百年前のスペイン風邪と比較して語られることが多いですが、このスペイン風邪の終息後、アメリカであることが本格化しました。それが、先ほど話した超高層ビルの建築なんです。まるで、スペイン風邪によって抑圧されていたものが一気に爆発したように、クライスラービルやエンパイアステートビルなど、次々と摩天楼が建てられていきました。

養老　人々の思いは、都市に向かって爆発していったんですね。

隈　そして、今回の新型コロナ終息後には、前回とは反対に、自然に向かった爆発が起こると思うんです。前回の爆発によって作られた高層都市に、僕たち人間は閉じこめられ、そして追い詰められていたんだということが、今回のコロナで顕在化しました。

養老　都市の持っている力に対抗するには、やはり参勤交代によって、自然の多い場所で一定期間過ごすことが重要だと思います。

隈　その通りです。都市から地方に出ていき、もっと自然と触れ合った生活を送る。そのために、うちの事務所も参勤交代を始めましたし、コロナをきっかけに地方移住に踏み切ったという話もたくさん聞きます。一極集中の箱としての都市ではなく、地方に点在した自然と共存できる都市。そんなところで暮らすのがこれからの人の生き方だし、都市の進んでいくべき方向だと思いますね。今の都市と建築が持っている慣性力はとても強いですが、少しずつ変わってくるんじゃないでしょうか。

養老　コロナが終息した後は、巨大都市で人間相手に仕事をするより、地方で物や自然を相手にする仕事が再評価されていくと思いますよ。そして、隈さんの言う自然と共存できる都市で、農業や水産業などの一次産業従事者、職人、さらには田舎暮らしをする人たちがもっと増えていけばいいなと考えています。

黄昏時に、相模湾に沈む夕日を望む

構成
清野由美

写真
鈴木愛子　p.163、p.169、p.173
鈴木誠一　p.97、p.127
吉田 誠　p.131、p.139（上）、p.147
松竹株式会社　p.139（下）、pp.154-155
日経ビジネス オンライン編集部　p.57
青木 登（新潮社写真部）　p.235、p.249

この作品は二〇一四年十二月日経ＢＰ社より刊行された。文庫化にあたり「第七章　これからの日本人の死生観」を新たに収録した。

梓澤要著
方丈の孤月
―鴨長明伝―
『方丈記』はうまくいかない人生から生まれた！　挫折の連続のなかで、世の無常を観た鴨長明の不器用だが懸命な生涯を描く。

奥野修司著
魂でもいいから、そばにいて
―3・11後の霊体験を聞く―
誰にも言えなかった。でも誰かに伝えたかった――。家族を突然失った人々に起きた奇跡を丹念に拾い集めた感動のドキュメンタリー。

沢木耕太郎著
オリンピア1936
ナチスの森で
ナチスが威信をかけて演出した異形の1936年ベルリン大会。そのキーマンたちによる貴重な証言で実像に迫ったノンフィクション。

網野善彦著
歴史を考えるヒント
日本、百姓、金融……。歴史の中の日本語は、現代の意味とはまるで異なっていた！　あなたの認識を一変させる「本当の日本史」。

稲垣栄洋著
一晩置いたカレーはなぜおいしいのか
―食材と料理のサイエンス―
カレーやチャーハン、ざるそば、お好み焼きなど身近な料理に隠された「おいしさの秘密」を、食材を手掛かりに科学的に解き明かす。

小倉美惠子著
オオカミの護符
「オイヌさま」に導かれて、謎解きの旅へ――川崎市の農家で目にした一枚の護符を手がかりに、山岳信仰の世界に触れる名著！

日本人《にほんじん》はどう死《し》ぬべきか？

新潮文庫　よ-24-14

令和四年五月一日発行

著者　養《よう》老《ろう》孟《たけ》司《し》
隈《くま》研《けん》吾《ご》

発行者　佐藤隆信

発行所　株式会社新潮社
郵便番号　一六二―八七一一
東京都新宿区矢来町七一
電話　編集部(〇三)三二六六―五四四〇
読者係(〇三)三二六六―五一一一
https://www.shinchosha.co.jp

価格はカバーに表示してあります。

乱丁・落丁本は、ご面倒ですが小社読者係宛ご送付ください。送料小社負担にてお取替えいたします。

印刷・三晃印刷株式会社　製本・株式会社植木製本所

ISBN978-4-10-130844-9 C0195